Alberto Vargas Iturbe

AF425038

Necropsia de un poeta

Alberto Vargas Iturbe

Necropsia de un poeta

NOVELA

enero 2020

Necropsia de un poeta

Alberto Vargas Iturbe ® 2020

    Fb: Colectivo Entrópico

    Fb: Alberto Vargas Iturbe

    colectivoentropicoediciones@gmail.com

Modelo: Frida con todo mi odio

Editor: E Adair Z V

ISBN: 9798673315279

Ediciones Ave Azul

    aveazul.com.mx

    Fb: Ediciones Ave Azul

    Tw: @aveazulmx

    edicionesaveazul@gmail.com

Versión 1.2

Queda prohibida la reproducción total o parcial con fines comerciales, salvo permiso escrito del autor. // *Reproduction in whole or in part by any means without written permission of the author is prohibited.*

Prólogo

La presente novela es un panegírico en memoria de un amigo. El escritor Alberto Vargas Iturbe le da forma a los recuerdos de uno de sus amigos más entrañables, que terminó siendo consumido por sus propias malas decisiones. En este libro se narra de las aventuras conocidas del abarrotero erotómano, el adicto a las mujeres y el sexo, que va hilvanando sus días al lado de su amigo Lucio Cano Estrada, escritor marginal y mediocre que no pudo superar jamás su condición de hombre del vicio, de la tristeza en lo urbano, de la miseria de transcurrir por la vida como un espectro. A lo largo de los sucesos seguimos las aventuras de los amigos para conquistar mujeres y soñar con volverse escritores reconocidos.

El narrador, ese alter ego de Alberto, nos pasea en dos de los municipios más jodidos del estado de México, Nezahualcóyotl y Valle de Chalco, donde se instalan las tiendas que han de generar las utilidades que tan gallardamente se despilfarran en fiestas y mujeres. En este ir y venir también se hace una radiografía social, donde la prostitución es un trabajo más que permite llevar la comida a la mesa, que no da vergüenza, sino que por el contrario, es completamente natural. La comedia, la amargura, y ese halo constante de decepción, marcan las pillerías de los escritores, quienes sobreviven el rechazo de su obra buscando consuelo en el placer. Las mujeres en la obra de Vargas siempre son un fruto insuficiente al que se persigue, que se admira, y al cuál se le rinde una pleitesía primitiva. Las historias de este autor pueden parecer burdas, pero guardan elementos que nos cuentan historias por debajo de sus diálogos principales. Alberto Vargas Iturbe no es un escritor de masas, pero tampoco es un cretino insensible. Como hombre de campo perdido en la ciudad, lo constante de su literatura es lo elemental, cubrir el hambre, el frío y el afecto. Como lo dice descarnadamente, a cierta edad, sobre todo al no ser ese adonis natural, el afecto se paga, y siempre es caro.

El abarrotero cachondo, lúdico, pero pródigo, comparte lo que tiene porque así debe ser el mundo, debe compartirse el pan y el techo. Por eso, el sexo desde su perspectiva debe ser algo democrático, algo que no excluye ni limita ni prohíbe, sino que salva, que aliviana la carga de las personas, y como se puede ver en pequeñas historias, redime de la tristeza que nos trae la vida cotidiana. Ya sea una jovencita disfrutando de la vida o un anciano fracasado, el sexo es un bálsamo que cambia el destino. Las historias de las putas no se juzgan de manera moralina, sino que se traduce en transacciones simples, como comprar y negociar el precio de cualquier bien. De eso se trata esta obra.

La necropsia del poeta se cumple tanto para Luciano como para Alberto, que cruzan las mismas aguas, pero sólo uno de ellos alcanza a ver cumplidos sus sueños, aunque de manera parcial; lo cual, se nos revela, es suficiente. La revista Desmadre termina de sellar el destino de los personajes principales, que mezclan la parranda con los encuentros de escritores, que se acomodan y se acompañan sin prejuicios. La necropsia del poeta es una confesión velada de que se extraña mejores tiempos, donde el dinero, las mujeres y las risas no parecían tener final. Tanto el inicio como el final de esta novela encuentran un páramo reflexivo, donde el narrador parece pasar de cualquier significado, de cualquier deseo por darle un significado especial a los sucesos que va registrando. Sólo ocurren y ya.

En algunos momentos, la historia se cruza con la novela de Javier Serrato Vargas "Los secretos de Luciano", con la que se completa la mística de Lucio Cano Estrada, escritor marginal, enfermo en su alcoholismo, y perpetuo perdedor al estilo de Bukowski, atrapado por sus necesidades primarias. Esta novela permite comprender elementos imprescindibles en la historia del escritor de Jungapeo y de Neza, que ha hecho del ero-porno una manera de contar sus ideas, sus anotaciones sobre el mundo, y cumplir sus deseos. Saber qué partes de la historia son reales y cuales son fantasías es poco relevante. Lo que nos queda de esta novela es la sensación de vacío ante el fracaso, de completar una profecía que se intuye desde un comienzo, y que de alguna forma cierra los cabos de esta etapa de la meta-novela de Alberto, que se distribuye en todas sus obras.

E Adair Z V, Texcoco de Mora, enero 2020.

Necropsia de un poeta

Alberto Vargas Iturbe

Necropsia de un poeta

A PRINCIPIOS de 1980 se reunió un grupo de escritores principiantes en la Facultad de Ciencias Políticas y Sociales de la UNAM. Ahí se encontraban Luciano Cano Estrada, Juan Bautista, Ramón Martínez y Martín Ortiz. Ellos fueron los fundadores de la revista Desmadre. Ramón era más bien chaparro, de ojos verdes, delgado, risueño y desmadroso. Juan era moreno, de estatura regular y soltaba unas carcajadotas; era más moderado para tomar, estaba casado y tenía hijos. Martín tenía el candado en la barba y el bigote, era flaco y se echaba carcajadas más tranquilas. Luciano era moreno y usaba lentes, en su complexión no era ni gordo ni flaco; y trabajaba en el Departamento del Distrito Federal; andaba arregladito y usaba sacos y corbatas. Cuando agarró el *pedo* fuerte dejó el trabajo y no se volvió a parar ahí nunca más.

Los cuatro cabrones eran de ideas anarquistas, les gustaba harto chupar y fumar mota, y entre todos hacían una cooperación para sacar copias de la revista y repartirlas. La idea original era la de publicar y abrir las puertas a otros escritores jóvenes que escribieran lo que se les diera la gana. La línea de la revista era publicar todo lo que llegara, al fin que todos eran principiantes y el tiempo diría cuáles serían buenos; si ninguno pasaba a la inmortalidad, pues que chingue a su madre el tiempo. Martín Ortiz se fue a Veracruz y no se supo más de él, Ramón Martínez siguió a sus papás a Querétaro y Juan Bautista entró de burócrata, se casó y desapareció.

Hablar de la revista Desmadre es hablar de Luciano Cano porque la revista era como su mujer; él hacía los contactos para colocarla e intercambiarla con otras publicaciones. De hecho, Luciano fue quien nos invitó a participar en la revista, la primera revista de literatura en Neza. Con la integración de Javier Serrato, Raymundo Colín y yo en el consejo editorial, empezó a circular la revista en Neza. La revista se repartía entre los amigos y los amigos de los amigos; iba de mano en mano, de modo que era una cadenita que se alargaba hasta que alguno no la continuaba y se limpiaba el culo con ella, y ahí llegaba a su fin la revista.

CUANDO LLEGUÉ A Neza, muchos estudiantes negaban vivir aquí, les daba vergüenza por ser una ciudad marginada. Había muy buenos lectores y mujeres muy bonitas. Aquí confluyeron varios colonos de distintos estados de la república, por lo que vivían mujeres y hombres de todos los colores. En medio de la polvareda aparecían lindas mujeres con minifalda; yo sí me *culié* hartos culitos de estas tierras lodosas. En estos años, a fines de los años setenta y principios de los ochenta, las pandillas de jóvenes se enfrentaban con piedras, cadenas y hasta pistolas. Salían heridos de estos enfrentamientos, incluso muertos. Las patrullas sólo rodaban por las avenidas que no se introducían en las colonias, hasta que entraron los del Barapen, una policía muy cabrona, que con sus Jeeps ingresaban al corazón de los barrios, golpeaban, agarraban a personas y las robaban; era un cuerpo policiaco temerario que los jóvenes pandilleros temían.

El Municipio de Neza dio luz verde para invadir terrenos baldíos, dirigidos por líderes priístas. Así se urbanizó en muy poco tiempo y fueron mejorando las colonias, empezaron a entrar más y más servicios hasta que ya no cupo la gente; ahora están construyendo para arriba. Las casas en Neza son carísimas; los que no tienen casa en Neza están comprando en Chimalhuacán, Valle de Chalco y varios pueblos vecinos de la zona oriente. En Neza no hay barrios exclusivos de clase alta; los ricos están desperdigados a lo largo y ancho del municipio. Al lado de casas elegantes se ven casas pobres. Los primeros que se enriquecieron fueron los políticos de rango y los comerciantes que ahora tienen enormes tiendas. En la zona norte vive una clase media muy golpeada; podemos decir que muchas de estas colonias viven en la pobreza, al lado de burócratas y profesionales. Existía un desempleo encabronado. Aparecieron tianguis a la mala, ahí se auto emplearon muchas familias.

Ya somos hombres maduros los que vivimos la crisis económica de los años setenta, y que ya estamos haciéndonos viejos y la crisis no termina. Desmadre no publicó esta situación por la que atravesaba Neza y México, porque para eso se requería una publicación más periódica, pero hacíamos lo que podíamos: Publicábamos poesía, cuento y algunos ensayos; con esto dimos un grito de rebeldía, una protesta; lo importante era no quedarnos quietos y al menos mentar madres a los que dirigían este país.

LUCIANO HABLABA DEL SUICIDIO, influenciado por un maestrito pendejo que daba clases de Metodología en Políticas; un joven estudiante se suicidó por hacerle caso. Reitero a este maestro pendejo, que tenía el descaro de presumir ese hecho, pero que por otro lado se iba a tomar un vino tinto y nunca se suicidó. Tenía una buena vieja y sus amigos lo empedaban para hacerlo güey. Le recordé a Luciano que Bakunin y Proudhon no andaban pensando en crisis existenciales sino cómo hacer la revolución; cuando estábamos en plena discusión le dije: —*En el mundo sólo tenemos una vida, y hay que cuidarla porque solamente es una*—. Le recomendé leer a Henry Miller, porque él sí disfrutó las mieles de esta vida; le dije que a mí me salvaban las mujeres, que éramos vitalistas. —*Imagínate, cabrón, que una mujer te esté mamando la verga y tu dormitando. Cogerse a una negra africana de un poderoso culo que te haga ver el cielo o a una hermosa nórdica que te haga platicar con Dios. Si llegas a viejo, estos recuerdos no los vas a olvidar. Los vitalistas amamos la vida y nos reímos de cualquier cosa por insignificante que sea*—.

Luciano agarró el vicio por puro pendejo, pronto se acabaron sus ahorros y empezó a vender sus cosas de valor, al último vendió sus libros. Decía que el alcohol lo que hacía era prolongarle la vida, hacerla más amena, menos aburrida. Agarró unas temporadas de no tomar y se ponía a escribir desenfrenadamente, publicaba donde le dieran oportunidad, pensaba que se iba a morir.

A MEDIADOS DE LOS AÑOS ochenta nos reunimos en el Café Victoria, en el Centro Histórico; nos llegamos a reunir hasta cuarenta ahí. Muchos se creían escritores, otros intelectuales; de esa parvada de cabrones que se creían muy nalgas ninguno salió escritor o intelectual. Algunos de nosotros dejamos la cerveza por el café. Todo marchaba bien en el Victoria hasta que empezaron a ir Los Infrarrealistas, a éstos les gustaba el vicio de todo tipo: pedían café y un vaso de agua, sacaban una botella a escondidas y se servían con este licor, y estaban tome y tome en seco, hasta que se ponían muy pedos. Al poco tiempo se enteró el dueño y los corrió. Cabe destacar que muchos de Los Infrarrealistas publicaron en la revista Desmadre. Les gustaba empedarse y se ponían violentos, adoraban hacérsela de a pedo a los escritores ya consagrados.

Después nos empezamos a reunir en el Café San José, ahí había muchos ancianos y también muchos músicos que platicaban de lo que pasaba en el mundo. Nosotros éramos la generación joven del café. En este lugar había tranquilidad para leer y escribir; ahí escribí algunos libros. En ese tiempo, Luciano tomaba menos, fue cuando se puso a escribir como loco, publicó en revistas pornográficas una o dos veces, con mujeres encueradas enseñando la *zorra* y el *fundillo* y muy buenas *chiches*.

A esto nos obligaban los editores que no querían publicar nuestros libros, y que nos acusaban de ser muy pornográficos. Hoy no sé de qué se espantan estos cabrones, cuando en la televisión salen mujeres enseñando los senos y con un angulito para taparse la zorra. Para los que escribimos erótico-porno no se abren las publicaciones, ni los suplementos culturales, ni las revistas oficiales; las librerías se niegan a vender nuestros libros y eso es una reverenda mamada, los dueños de esos establecimientos se levantan el culo y son las librerías más grandes. De modo que hay que ir pensando cómo distribuir nuestros libros. Nosotros los publicamos y los vendemos de mano en mano: los libros corren y el autor no sabe a dónde van a parar. Esperamos que surjan librerías que sean democráticas y permitan vender libros sobre diferentes ideas y pensamientos; si no, hay que salir del subterráneo por medio del internet y también hay que vender libros en las calles.

LUCIANO TOMABA NESCAFÉ por la mañana. Cuando no andaba pedo, una taza bien cargada lo despertaba; le ponía varias cucharadas de azúcar, y si había pan comía dos piezas de dulce. Disfrutaba su café como un manjar, luego almorzaba y eructaba en forma estruendosa. Cuando se salió de trabajar fue cuando mejor funcionó la revista porque casi él lo hacía todo. En ese tiempo rifaban las máquinas eléctricas. Luciano tenía una máquina Olivetti en la que se hacía la revista. Pinche maquinita, aguantó bastante. Con ella Luciano me pasó a máquina varios de mis escritos, que eran libros de cuentos y novelas cortas; no se cansaba de estar tecleando, era bueno para la máquina. Después de que se salió de su trabajo se hizo muy acomedido; decía que de ser burócrata a mil oficios, prefería lo último. Luciano publicó en todos los números de la revista Desmadre; él hacía las editoriales.

CUANDO LO VEÍA BIEN MADREADO por el *chupe* le decía: —*Ya no chupes tanto Luciano, no te jales tanto la verga porque se puede reventar; deja el pinche chupe. Si te hacen falta huevos, te presto los míos*—. Llegaba cenizo y transparente, con la cruda encima. Yo le decía: —*No seas pendejo, Luciano, nosotros los poetas debemos cogernos a los mejores fundillos, a los más buenos: agarrar las mejores viejas, y si no nos hacen caso por feos, pues hay que ahorrar dinero y cogerse unas buenas putas, agarrarlas del trasero y borrárselos sin compasión. Así como ahorras para embriagarte, ahorra para que te cojas una puta, por lo menos cada mes. Hay lugares donde están baratas, sobre todo en el Centro; te consigues una cuarentona que te chupe la verga, de esas panzonas que tienen bonitos labios, y con unos cuantos billetes te la chingas. Porque a las universitarias ni dándoles todas las revistas de Desmadre te sueltan, por muy bueno que sea tu poema o ensayo; si no te ven el billete o un coche más o menos bueno, difícilmente te sueltan el culo. Podrías usar la revista Desmadre como carnada para que te conquistes una chava, podrías competir por una universitaria, si te vieran arreglado, con ropa de vestir y bien arreglados los dientes, porque ya estás chimuelo Luciano. O tal vez, alguna lectora de esas que empiezan a iniciarse en la escritura, por esa veta podrías abrir la carnada a muchas. Hasta podrías conquistar a alguna poeta locochona o a una narradora o a una de esas que hasta te podría mantener y hasta hijos podrías tener. Pero bájale de huevos al chupe, porque a las mujeres no les gusta cómo huelen los borrachos*—. Eso se lo repetí muchas veces, pero podía más el alcohol que todos los argumentos del mundo.

A Luciano le gustaba tomar en los lugares más sórdidos; me decía que ahí encontraba la paz. Eran lugares de los Escuadrones de la Muerte; varias veces lo llegaron a madrear, y aun así no dejaba de visitar esos hoyos negros. En mi casa siempre se reponía de las pedononas que se aventaba, le tupía a la comida y tomaba Nescafé todo el día. Con los trabajos que le caían juntaba por un mes y volvía a agarrar el chínguere y así llevaba ese ritmo; tomaba quince días y descansaba un mes, y otra vez agarraba el frasco. A Luciano le gustaba que le hablaran de las lecturas de las revistas de literatura, en particular de la revista Desmadre.

Éramos parroquianos del Café Victoria, ahí componíamos el mundo y platicábamos de nuestros sueños; ya teníamos tiempo de asistir a ese café. El dueño se casó con una tapatía, que por cierto no estaba tan buena, pero se creía mucha nalga. Esta jalisciense convenció al dueño del café de que lo vendieran y que se fueran a Guadalajara a poner un negocio. Finalmente la señora convenció al marido y vendieron el Café. Fue muy cabrón, sobre todo para los ancianos que no tenían a dónde asistir para matar el tiempo con los amigos; algunos viejitos se murieron de tristeza, eran compositores de canciones y artistas que no triunfaron en la televisión o el cine, que ya estaban grandes pero que todavía tenían ánimos de triunfar, esos eran huevos y no pendejadas. Se me vienen a la memoria algunos amigos del Café que murieron por varias circunstancias: el primero que recuerdo es José Luis, que se suicidó ahorcado, se dice que probablemente tenía SIDA, era maestro del CCH Azcapotzalco y era un filósofo intelectual; el segundo que recuerdo es el maestro Ocampo, que era un ratón de cafetería, ahí se la pasaba horas y horas leyendo, también era filósofo, le cayó la diabetes y en vez de cuidarse se puso a chupar diario en el salón Corona, una cervecería de la calle de Bolívar, ocho meses duró el camarada y murió; otro que falleció fue el pianista Zavala, paisano de Michoacán, tenía años en el alcohol, murió solo y abandonado en un parque del centro del Distrito Federal; otra que murió fue una camarada que se llamaba Ema, compañera de la Prepa Popular Fresno, lo que supe por algunas bocas es que se suicidó dándose un balazo en la cabeza, no sé si sea cierto esto, pero es lo que me contaron, que el muchacho con el que vivía no quiso que se embarazara y ella tomó una actitud suicida, que ya nadie pudo detener. Esta rubia hermosa militaba igual que yo en el Grupo Comunista Internacionalista Sección Mexicana de la Cuarta Internacional.

EN LA DÉCADA DE LOS OCHENTA, en Neza no había ningún café para reunirse; por lo menos yo no conocí ninguno. Había loncherías, donde se suponía que vendían comida y cerveza, pero en realidad eran puteros. Había muchas jóvenes que tomaban contigo a la par, claro que tenías que pagarles la fichada, y si querías ir a coger con ellas pagabas en la caja y te las podías llevar a unos baños públicos, que en esos años abundaban, o a un hotel; el *cinco letras* era más higiénico y había más comodidad. Pero había un problema, Judiciales y Madrinas esperaban a que salieran las parejas para extorsionarlas: las amenazaban con llevarlos a Palacio, les quitaban el dinero y los soltaban, por eso muchos se las llevaban a hoteles del Distrito Federal y a la calzada Zaragoza o a Texcoco.

Un día Luciano vino a visitarme a la tienda, empezó a tomar y ya en la noche fuimos a una Lonchata. Lo llevé con la Güera porque era muy seguro el lugar, yo conocía bien a la Madrota que era dueña del negocio. Luciano llevaba el último número de Desmadre y estuvimos dialogando sobre la revista y sacamos la conclusión de que era necesario darla por cooperación voluntaria, por lo menos para pagar el número siguiente.

Un par de putitas se acercaron y las invitamos a la mesa. Nos empezaron a fichar y se tomaban la cerveza como si fuera agua; tomaban mucho para ganar más dinero. Empezamos a pedirles el culo y de a cómo nos salía, en esa época cobraban de a miles. Luciano no traía ni un *clavo* y tuve que invitarle una putita que estaba buena y bonita. Ahí no había problema de salir, porque la Güera tenía cuartos para coger. Claro que tenías que pagar una feria para que te dejaran fornicar. Luciano presumía la revista, decía que éramos escritores. A las putitas no les interesaba; lo que querían era sacar la plata y seguir con otros. Me puse chingón y me dirigí con la Güera.

—Quiero dos cuartos, y esas dos que están en nuestra mesa— y le pagué el servicio. Metimos cerveza a los cuartos y ahí estábamos desnudos, tomando con las putas. Al rato ya estaba palanqueando a toda madre. Cuando tenía a la puta bien abierta de patas, hice rollito la revista y la masturbé, le dije: *—Para que tu zorra se especialice en literatura*

subterránea—. Su zorrita le echó un hermoso discurso a mi miembro y mis güevos, que les gusta que les canten. Mis güevos se llaman Los Cosarios y mi miembro el Humanista.

Salimos del tugurio de la Güera ya casi de mañana, nos pasamos toda la noche tomando y cogiendo. La Güera Madrota en unos cuantos años se hizo rica, compró muchas propiedades y de buenas a primeras se convirtió en Testigo de Jehová, y andaba calle por calle leyendo la Biblia, convenciendo a la gente para que se integrara a esa religión.

Llegamos a la tienda a dormir, porque la desvelada había estado agotadora. Luciano le regaló el original de la revista Desmadre a una puta, lo bueno era que teníamos copias claritas y de ahí sacamos el número. El pinche de Luciano estaba feliz porque se había cogido a una morenita, salió enculado de ella. Yo le decía: —*Esas putitas son para venir, divertirse un rato y ya, son de paso, Luciano*—. Se le hacía sorprendente cómo era posible que unas jovencitas muy bonitas y buenas estuvieran en un burdel.

EN EL SEXENIO de López Portillo había una inflación encabronada. Se fomentó mucha delincuencia. Se robaban los coches, y en pleno día había asaltos bancarios y un mercado negro de alimentos. Esta crisis trajo varias consecuencias: una es que muchos capitalistas que tenían sus bodegas llenas de mercancía tenían ganancias enormes, porque todo subía y ellos re-etiquetaban la mercancía, ganancias triples y más; otra, es que muchas mujeres jóvenes se metieron a la prostitución. Yo aproveché el momento y me cogí a varias mujeres, que por ligeras despensas, se iban contentas. Hasta cierto punto, a mí me benefició la crisis. La tiendita que teníamos aguantó la putiza que le dábamos. Javier y yo trabajamos como esclavos: abríamos a las siete de la mañana y cerrábamos hasta las doce de la noche. Se vendía bien porque estaba bien ubicada. Yo disfruté ese periodo. Dos o tres veces por semana capaba el cajón; esa pinche miscelánea era mágica, le sacábamos y le sacábamos y ella igual. Claro que no crecimos por las fugas que teníamos, por tanta puta que nos cogimos.

LE DECÍA A LUCIANO: —*¿Cuándo presentas unas putas, Cano?*

Medio encabronado, decía: —*No estés chingando, ¿qué no puedes conseguirlas tú?*

—*Te voy a pagar $30 por cada putita que traigas*— le digo.

—*Mejor las consigo para mí*— contesta Cano.

—*No seas cabrón, Cano, y conecta. Yo aquí te las dejo bien hormaditas.*

—*No mames, Vargas, mejor me las chingo primero hasta dejarlas bien guangas y ya te las paso.*

—*No le hagas a la mamada, pinche Luciano, yo por eso te voy a pagar.*

—*Si sigues chingando, me voy a ir y no te voy a pasar tus manuscritos a máquina.*

—*No la chingues, pinche Luciano, no te encabrones. Ya sé que eres cabrón y eres un hombre inteligente, además eres malo. No te apantallas con cualquier cabrón, eres aventado con las mujeres y te gustan todas. Eso es ser cabrón*—. Y para hacerlo encabronar más, le decía: —*Oye, pinche Luciano, ¿por qué no firmas tus poemas y cuentos como Luciano Cano Estrada, alias el Pedotes? Puedes empezar a ponerle esa firma a tus escritos que se publican en Desmadre*—. Me contesta en seco: —*Qué bien molestas*—. Hice un gesto diciendo: —*No te encabrones, Luciano, ese nombre te haría famoso. En todo el planeta no conozco a ningún escritor con ese apodo*—. En eso estaba cuando Luciano se echó un pedísimo. —*Ya ves Luciano, tu culo está de acuerdo. Si adoptas ese apodo va a correr el chisme por todo el país y te vas a internacionalizar*—. Le dio risa a Luciano y se relajó. Me dice, cagado de risa:

—*Deberías de publicar esas mamadas en un libro para que a tus lectores les saques una carcajada.*

—*Sí, Luciano, pero firma como te dije.*

—*¿Qué no te cansas de chingar? Ya ponte a trabajar para que dejes de decir tanta mamada*— dijo Cano encabronado.

—Oye, pinche Luciano, ¿a qué crees que se deba que siempre me estoy agarrando los tanates?

—¿No te digo? Ha de ser porque has de tener ladillas en los huevos, cabrón. Deja de joder mientras comemos.

—Está bien, Luciano, pero eres una mula aparejada cargada con leña, ponte cabrón con la literatura. Ve a ver a Primitivo para que saque la antología.

—En eso andamos— contesta.

—Dile a Primitivo que se ponga como la cagada del puerco— así dicen los campesinos de mi tierra para que se pongan vivos, vivos como la cagada del puerco.

A Luciano le gustaba calentar la comida y le encantaban los chiles de árbol tostados en un comal, también le gustaban los chiles verdes asados, con una poquita de sal; comía con mucha hambre, sabroso, que hacía que se antojara, y ponía a dorar unas tortillas a fuego lento hasta que se ponían fofitas; dábamos unas comilonas a todo dar, luego tomábamos unos cafezazos de grano y empezábamos a sudar.

Yo tenía la manía de echarle agua fría al café porque me gustaba tibio, así lo disfrutaba más. Tomaba café y además tomaba Coca-Cola, y fumaba; combinaciones que me daban satisfacción. Pero fumar durante treinta años cajetilla y media o dos, cuarenta cigarros al día, ya estaba muy cabrón. Engordé, me puse panzón, y el humo del cigarro me hacía roncar al respirar. Aparte, arrojaba flemas a lo *jijo* de la chingada; todo el día escupía. A veces con reloj en mano me fumaba uno cada hora. Varias veces intenté dejarlo, pero no podía, era como si me sedujera una mujer; aguantaba unos dos o tres días, hasta una semana, luego me llegaba a la mente y nada más me fumaba uno y ya se chingaba la cosa, le seguía. A veces me aguantaba, pero si me empedaba inmediatamente sacaba el cigarrillo o si alguna chica me invitaba uno inmediatamente le decía que sí. Me hice a madres remedios caseros y no funcionó, algunos eran asquerosos. Por ejemplo, en un vaso regular había que echarle la mitad de agua, luego partir cuatro cigarros Delicados sin filtro, depositarlos en medio vaso de agua, sacarlo a serenar toda la noche y en la mañana en ayuno tomarte el agua que sabe a su puta madre; vomité, arrojé hasta la última brizna que tenía en el estómago, me dio un asco de mil demonios, arqueaba y arqueaba y ya no salía nada; supuestamente había que hacerlo durante un mes, no me dieron ganas de repetir el remedio. Luego me sugirieron otro, que había que hacer un té con cáscaras de plátano macho, ese era más tranquilo, no sabía mal, estaba un poco amargo pero hasta ahí. Después me puse los parches y no fumé durante el tratamiento, pero cuando terminó me dieron unas ganas intensas de fumar.

Un día pasé por una farmacia, el dueño estaba solo, no tenía clientes y se me ocurrió preguntarle que si tenía un medicamento para dejar de fumar. Se encabronó y me gritó a todo pulmón: —*No hay medicina para eso, lo que usted necesita son huevos*—. Hasta me espantó ese farmacéutico con sus tremendos gritotes, salí medio sordo y me fui a la chingada; ni las gracias le di a ese cabrón. Cuando despertaba en la noche, lo primero que hacía era encender un cigarro. Si despertaba tres o cuatro veces, las mismas que fumaba y lo acompañaba con Coca-Cola, me sentaba en las escaleras mirando la calle a ver quién pasaba a las tres o cuatro de la mañana. Me daba una pena terrible. A veces aventaba escupitina y cuando chocaba en la banqueta se oía un chasquido que daba un asco tremendo. Cuando se me acababa la cajetilla, a cualquier hora de la noche me salía a buscar, hasta que encontraba. A veces me decía: —*Pinche Alberto, si serás pendejo, ya bota a chingar a su madre ese pinche cigarro, ¿qué haces a media noche como un lunático?*—. Me parecía imposible dejar de fumar, hasta que un día me armé de huevos y dije ya no fumo, aunque le rece a Dios siendo ateo. Empezaron a correr las horas y yo con unas ganas inmensas por fumar, tomaba refrescos, pero estaba decidido. Una cosa que me ayudó mucho fue que dejé el vicio en la temporada que entra mucha naranja; compraba un costal y me ponía a pelar naranjas con las uñas y me iba comiendo gajo por gajo, así empecé a lograr que se me olvidaran las ganas de fumar; en tres días me chingaba el costal de naranjas y me compraba otro, y así me entretenía, ya tenía el hocico escaldado, y como al mes ya me olvidaba por unas horas del cigarro. Me empecé a hacer glotón y andaba tragando chingaderas todo el día; que unos chicles, que unas paletas de leche con arroz o pasas, que helados de nuez, mamey y fresa; me sentaba frente a la paletería y me comía de a tres o cuatro, esto también ayudó a que dejara el tabaco. En esos meses subí nueve kilos, por la ansiedad sustituí al cigarro por comida chatarra; que unas papitas, que unos Doritos. Si hubieran puesto mierda, era lo mismo que me hubiera tragado. Todos los días los consideraba un triunfo, empecé contando las horas y días; platicaba que llevaba tanto tiempo sin fumar, me daban ánimos y me sentía feliz. A los tres meses se me empezó a quitar el sabor del cigarro en la boca. Cumplí un año ocho meses que dejé de fumar y dejé de aventar escupitinas más de un noventa por ciento. A veces veo fumar y se me antoja, le miento la madre al vicio y sigo adelante. No me he hecho muy delicadito, mamón, de esos que no quieren que prendan un cigarro donde se encuentran. Todos mis amigos fuman, a mí no me molesta el humo, el cigarro es muy social.

Cuando uno es adolescente se siente uno muy rebecón, muy currito y te fumas tus primeros cigarros y te sientes muy madres, aunque te sepan de la chingada, pero así te sientes, muy chingoncito, hasta que te envenena la sangre la nicotina y agarraste un vicio; espero que chingue a su madre el cigarro de mi vida.

DESPUÉS DE HABER COMIDO le empezaba a echar desmadre a Luciano, le decía: —*Oye, Cano, me platicó un vecino que te vio salir de la estética, bien abrazado con el putito barroso.*

—*No mames, pinche Iturbe, qué se me hace que tú eres el que le trae ganas*— me contestó Luciano.

—*No, pinche Luciano, yo no nací con esa estrella, como dijo Henry Miller. Total, reconócelo, al fin que ya se operó; ya no tiene pito, ahora tiene un hoyo que comunica rumbo al fundillo. Pero ya ves que se hizo la cirugía completa, se torneó las piernas, se puso buenas nalgas y unas apetitosas tetas. Ahora lo único que le afea es la cara, porque tiene unos barrotes boludos; está feo ese hijo de la chingada, verdad de Dios.*

—*Mira, pinche Iturbe*— dijo Luciano —*a mí me platicaron en el mercado que tú le das el beso negro al putito barroso y que le sacas los pedos.*

—*Mira Luciano, los barros que tiene el putito están llenos de pus y tú vas y se los chupas, te llevas un limón partido y unos granos de sal y un puñito de chile piquín y le sacas la pus y a la boca, y te imaginas que estás tomando yogur; tanto le has mamado los barros que ya se le estiraron como chiches de vaca lechosa.*

—Pinche Vargas, qué se me hace que andas padroteando al putito barroso. Te han visto algunas señoras que estás cobrando en la caja y que por lo menos te traes quinientos pesos diarios, y con eso has publicado varios de tus libros. A ese paso que llevas, el putito barroso te va a poner una librería como la Gandhi, con cafetería y venta de discos— me dijo.

—No seas levanta falsos, Cano Estrada. Tú vienes conociendo a ese putito barroso desde la época de la revista Desmadre, con su frase "órgano de confusión"; con razón en la segunda época salió regular, eso quiere decir que ya te subsidiaba el putito barroso. Y eso no es nada, Luciano, me platicaron que le preparas una receta para que se mantenga sano y fuerte: lavas un bote alcoholero, le echas un kilo de manteca, dos kilos de harina de trigo, un cuarterón de maíz blanco, tres kilos de sema, un kilo de huevo con todo y el cascarón, y lo pones a la estufa. Lo dejas una hora en la lumbre, le mueves, enseguida pones a enfriar el menjurje, metes el bote en agua fría hasta que se entibie. Luego traes al putito barroso, le pones un embudo de los grandes en la boca y le empiezas a vaciar lo que contiene el bote, se lo atarragas todo por el hocico hasta que no queda ni una gota. Y al día siguiente ya queda una levadura de la mejor para hacer bolillos; y para que salga bien, pones al putito barroso a cuatro patas. Lo abres bien de las piernas y le aprietas la panza; y va saliendo la levadura bien fraguadita por el fundillo. Si sigues por ese camino hasta pastelería vas a poner a lo largo y ancho del país, y luego te internacionalizas y te conviertes en un monopolio de la levadura, como la Coca-Cola y la Pepsi-Cola.

Luciano ya estaba medio fatigado, y me dice: *—Pinche Alberto, tienes una mente muy pinche perversa, ¿por qué no hablas de los putitos de televisión?*

—Tú eres mi estrella, pinche Luciano.

LUCIANO CANO ESTRADA llegó temprano. —*Oye, Cano, me comentaron que te vieron bien abrazado con la señorita de los sopes, que te la andas cogiendo a sus setenta y cinco años. ¿Será señorita o será quintito? Tengo entendido que a las mujeres cuando van envejeciendo se les va poniendo duro el himen, y para desquintarlas sólo con una broca.*

—*No la amueles, Iturbe*— dijo Cano —*de esas garras yo no agarro, aunque me paguen. Chíngatela tú, Vargas, total, te va a mantener con la venta de los sopes. Tú te pones en el cajón y vas agarrando los billetes más grandes y los guardas para que saques un carro del año. Y si padroteas a otra hasta te van a vestir con trajes finos; va a cambiar completamente tu vida.*

Yo le dije a Cano: —*La señorita anda feliz y hecha la chingada trabajando para poder complacerte y quedes contento por las buenas ventas; la señorita está bien arrugada de la cara, por eso la quieres, Luciano, porque así ha de tener la zorra de arrugada. Te he estado analizando y me he dado cuenta eres muy parecido a un escarabajo de esos que llaman los campesinos rueda-cacas. Esos animalitos agarran una porción de excremento y lo van rodando; eso comen en tiempos difíciles, y están prietitos, requemados, morenos. Tú te pareces a esos animalitos, tienes la cara igualita; te pareces hasta en el culo.*

Luciano tenía unas carcajadotas por su apodo y me decía: —*Pinche Alberto, me haces reír. Me río de mi caricatura, pero ya verás la que te voy a sacar.*

DON PANCHO era un vecino viudo que quería casarse con una michoacana quedadona, prima de su primera esposa. Cada quincena iba a verla, le llevaba sus regalitos a ella y a su padre; ya andaba muy desanimado porque no le daba el sí. Por ahí le cantó a una gelatinera que también le quitaba sus centavitos y lo mandaba mucho a la chingada. Un día estábamos Luciano y yo, y don Pancho se acercó a saludar: —*¿Cómo les va, muchachos?*

—Aquí nomás— le contestamos *—¿Y cómo le va con las mujeres?*

—Pues no quiere jalar la prima de mi mujer, por más que le ruego se hace la desentendida.

—Le voy a hacer una propuesta, don Pancho— dijo Luciano. *—Mire usted, si me paga 2,500 pesos, yo se la pongo aquí; me la saca a pie de carretera, llego con un automóvil, saco la pistola y les grito "policía judicial, súbanse" y nos venimos derechito acá. Ella es una campesina y no va a saber en dónde está, después usted la convence de que se casen y asunto arreglado—.* Don Pancho se enojó con Luciano.

—Con esa manera no estoy de acuerdo, no necesito chingaderas para nadar. Si ella no se convence, entonces me voy con la gelatinera y me la traigo, pero convencida—. Así anduvo don Pancho rondando a la prima política, diciendo que era quinto porque no se había casado; tanto le rogó hasta que por fin le hizo caso y se casó con ella. Don Pancho le fue a presumir a Luciano: *—Ya ves, ya la tengo en mi casa.*

—Fue una broma, don Pancho, para reírnos.

—Pues que bromita tan pendeja— remató don Pancho.

Luciano dijo: *—Viejo hijo de la chingada, ya me dijo pendejo.*

UN DÍA Luciano se emborrachó en la tienda. Se puso una peda a toda madre. Se fue a una Lonchata que era de las más famosas y baratas de Nezahualcóyotl, se puso a bailar y lo estuvieron fichando unas putitas que lo desplumaron; no le dejaron ni un centavo en la bolsa. Apenas podía caminar de la pedota que traía atravesada. Cuando regresó pensé: *—Voy a servirle unas copas de Bacardí blanco bien cargadas para tumbar a este cabrón—.* Y así lo hice. Le decía salud hasta el fondo y nada más aguantó tres fogonazos y se quedó dormido. Le tendí unas cajas de huevo y una cobija, me tomé otras dos cubas y me dormí. Al otro día nos levantó la cruda, destapé unas Victorias bien frías y traje unos sopes a toda madre. Le dije a Luciano que no iba a abrir ese día porque pensaba traer unas viejas para cogérnoslas ahí en la bodega de la tienda. Tenía una amiga Madrota que se llamaba doña Victoria que estaba cerca, a dos cuadras de donde tenía la tienda, en la Pantitlán, cerquita del cine Lago. Era evidente que Luciano no tenía billetes, entonces yo iba a costear a las putas y la bebida y poner la bodega para el asalto carnal. Le dije: —*Espérame una hora, voy por unas putas.*

—*Voy contigo*—, dijo Luciano.

—*No, porque sale más caro. Así solamente le doy una comisión a doña Victoria y ya las deja salir, y me vengo derechito para acá.*

Serían las doce del día. Había dos mesas ocupadas por unos parroquianos, había unas tres meseras que en realidad eran putitas. Saludé a doña Victoria y le pedí una copa de Don Pedro, me la bebí tranquilamente y le dije: —*Vine por dos muchachas para un servicio particular, ¿cuánto me va a costar?*—. Doña Victoria dijo: —*Escoge, te va salir en quinientos pesos por las dos, y la cuba que te tomaste es por parte de la casa. Te arreglas con las muchachas a ver cuánto te cobra cada una*—. Llamó a las chamacas y les dijo: —*Váyanse con Vargas, van a un trabajo. Les va a dar su comisión.*

No era lejos pero agarré un taxi y rápido llegamos. Cuando entramos a Luciano se le salían los ojos, le brillaban de emoción. Le pregunté a las muchachas cuánto iban a cobrar. *Dos mil pesos todo el día*, dijeron. Luciano ya había destapado cuatro cervezas Corona frías y brindamos. Estábamos acalorados, las muchachas eran bonitas; yo agarré a la más buena, una morena trompuda de muy buena chiche, acinturadita con un par de nalgas preciosas. Luciano quería con ella, pero como yo iba a pagar tuvo que quedarse con la otra. Luciano se lanzó a traer un par de pollos rostizados. Todos estábamos en abierta borrachera escuchando en una armónica un auténtico blues, nos pusimos a bailar, yo bailaba un pasito internacional que inventé años atrás y que consistía en aventar un pie y luego el otro con ritmo. Las chamacas estaban alegres, solas se tumbaron las pantaletas y los teteros, nos ofrecían las tetas y nosotros se las chupábamos, les metíamos las manos a la zorra y brincaban de alegría; tenían sus *mandunguitas* bonitas y peluditas, les aventábamos lengüetazos, nomás les salía babita. Traíamos un buen desmadre. Los pollos se estaban enfriando. Comimos con calma, brindábamos con Coronas; las muchachas ya estaban alborotadas y nosotros también. Seguimos tomando mientras les agarrábamos el culo a las muchachas que se carcajeaban, cada quien la suya. Todos nos desnudamos.

Senté a la morena en un banquito y empecé a refrescarle la cara con mi miembro, que ya estaba tieso como baqueta. Se lo embarré por los labios, tomó la cabeza y lo empezó a lamer. Se lo puse en medio de sus chiches, que las tenía en cada mano y las movía a modo de chaqueta; se lo puse por los senos, por la espalda, y enseguida la puse a cuatro patas y se lo borré hasta el fondo. Se movía a toda madre; chinga'o, tenía enfrente ese encantador culo. Nos movíamos al unísono. Ella empezó a jadear y se vino en un chorro de fluido. Me decía: —*Muévete papacito, estoy a todo vapor*— y nos venimos juntos. Nos sentamos en unas cajas para mirar a Luciano que estaba coge y coge. Luciano le vaciaba cerveza a la chava en las nalgas y se las lamía. Cuando terminaron, nos sentamos para brindar. Luciano, que ya estaba pedón, se paró y dijo: —*Salud por las muchachas*— y empezó a hablar de la revista. Le dije que no se empedara tanto para echarnos el segundo asalto carnal. Serían las diez de la noche cuando nos las cogimos otra vez. Las chavas no se quisieron quedar. Nos dieron unas mamadas y las acompañamos a la Pantitlán, pagué el taxi. Les regalé mercancía para que comieran una semana aparte de su lana. Quedaron de regresar. Volvimos a la miscelánea y nos quedamos dormidos.

Al otro día despertamos temprano, Luciano me dijo: —*Qué buenas putas invitaste. La que me tocó cogía a toda madre*—. Y empezó a chupar cerveza a toda madre. Pinche Luciano, se la aventó quince días chupando.

EN ESOS DÍAS conocimos a don Rafa, un anciano como de 65 años que tenía a una jovencita de 16 años ya con dos niños. El señor tenía propiedades, por eso la mamá de la chamaca se la metió a fuerza de interés. Era evidente que el señor ya no tenía leche para llenar a esa jovencita, pero estaba casado por la iglesia y lo civil; en su juventud anduvo de garañón pisando aquí y allá. Fue afortunado, porque las propiedades que tenía se las había heredado su papá y era hijo único. De joven tomó poco, Eso sí, fumaba como chacuaco.

Don Rafa me fue a ver para saber si tenía un conocido que le aceitara una puerta. Le dije que sí, que conocía a uno, que se lo mandaba en un rato. Pensé, le voy a mandar a Luciano para que se gane una feria. Y efectivamente, al rato llegó Luciano muy chiflador, dejó por ahí en un rincón su morral y se puso a barrer la tienda. Yo le daba una lana, la comida y el chupe, él arreglaba los envases, limpiaba la bodega y también acomodaba la vitrina y armaba sus *business* para sacar otra lana más. Luciano Cano Estrada era el que me pasaba a máquina todos mis escritos, poemas, relatos y novelas. Le dije: —*Te vino a buscar don Rafa para que le aceites unas puertas, te va a pagar*—. —*Está bien, ahorita voy*— dijo, y se fue a casa de don Rafa.

Como a las tres horas llegó Luciano bien contento. —*Puta madre, el señor Rafa tiene una señora buenísima, y me aventó el calzón en plena cara. Cuando llegué, fue y se puso un shorcito y se le marcaba todo el volumen del culo; me trajo un jugo de naranja y me apretó la mano. ¿Qué no viene a comprar aquí?, no la conocía. Pues me encantó esa señora que está bien joven. Don Rafa no se dio cuenta o no me fijé si se dio cuenta; a mí me vale madres. Si ella me da ese culito, yo no la voy a despreciar; y a ese señor ni se le para. Yo traigo un chingo de esperma para que se bañe*—. —*Pues ten cuidado*— le dije —*porque a mí me platicó don Rafa que ella tenía hongos y gonorrea, y no se curaban, y ella contagiaría al que se la cogiera*—. Luciano se quedó pendejo, pero dijo: —*Me la cojo aunque me contagie. Me voy a poner un condón y santo remedio, y me protejo del SIDA.*

Tiene un clítoris abultadito, que de sólo acordarme se me para la verga. Pero don Rafa no la suelta ni por un momento. Viendo lo emocionado que estaba Luciano, le dije: —*Ya me acordé que seguido se va al Seguro, y ahí no la lleva. En ese lapso te la puedes fornicar*—. —*Eso está a toda madre, Vargas. Viejo sátiro, hijo de su chingada madre, la agarró bien jovencita y ya parió dos veces*— repuso Luciano. Tiene muy controlada a la familia de la señora, les compró una casa y seguido les da regalos, los tiene bien contentos.

Cuando uno está viejo el amor tienes que comprarlo. Muchas mujeres buscan novios o amantes que tengan dinero y que traigan un buen carro, así inmediatamente les aflojan el fundillo. Algunas se casan con hombres jodidos porque cuando llega el amor enceguece y es capaz de hacer cualquier cosa; regularmente esto sucede cuando eres adolescente, aparece el llamado amor loco, casi es un amor enfermizo. Muchas veces este amor rebasa la razón, yo creo que no hay que apasionarse tanto. Si una te rechaza busca otra y otra hasta que estés contento, buscarle hasta que caiga de pérdida una; si caen unas tres o cuatro pues está a todo dar. Cuando uno es joven hay que agarrar de todas: flacas, gordas, bonitas, feas; porque cuando uno se va haciendo viejo ya no hay tanto esperma. Es cuando se va seleccionando, que valga la pena hacer el esfuerzo, no hay que encularse porque ya valió madre. Ya soy más tranquilo. Ahora cuando salgo, es porque voy a algún asunto, ya sea para ver a una vieja o para otro asunto. Sigo frecuentando los cafés que me gustan, pero ya no voy a diario.

UN DÍA LUNES, Luciano llegó bien bañado. Me dijo: —*Cité aquí a Verónica, la mujer de don Rafa. Me la voy a coger aquí en la bodega*—. —*Está bien, Cano*— le dije, —*Pero ponte chingón. Lo que quiere esa mujer es que le des unas buenas cogidas*—. —*Sí, pero no hables fuerte que ya no tarda en llegar*— dijo Luciano. Y efectivamente no tardó en llegar. Verónica venía con una minifalda y una blusa escotada, casi enseñaba los senos cuando se agachaba, bien perfumada. Luciano la pasó inmediatamente a la bodega, se llevó un seis de viñas y estuvo unas dos horas con la Verónica. La vi salir con una risita de contenta, se despidió y se marchó a su casa. Detrás de ella salió Luciano subiéndose el cierre del pantalón. Le pregunté: —*¿Qué tal coge?* —. —*A toda madre*— me dijo. —*Me dio unas mamadas súper chingonas. Tiene una zorrita medianita que es un encanto, se mueve como remolino. Hijo de la chingada, me saqué un diez con esta mujer. Dice que a don Rafa ya no se le para. Dice que desde que nació su último hijo no se la había cogido nadie, que la tiene amenazada. Pero queriendo todo se puede. Tiene una cinturita, pinche Vargas, delgadita, y unas tetas de primera. La puse de a cañón y refleja un panorama de nalgas que son mágicas, perdí la razón. Aguanté un chingo y ella se vino como tres veces. Todavía no se me va el sabor de ese movimiento. Venía bien limpiecita oliendo a perfume. Sólo se tomó dos viñas para que no se diera cuenta su marido, pero yo si me voy a tomar* *unas cervezas, pinche Vargas—. Yo le dije: —Pero no te vayas a agarrar una peda de quince o veinte días, mejor culéate a la chava. Tómate unas cuantas y párale para que se lo dejes ir otra vez mañana—. —Tienes razón, Iturbe. Mejor me tomo dos caguamas y ahí le paro, porque se goza más cogiendo que el chupe—. —Gózala por un tiempo, pinche Luciano. El mula de don Rafa la tiene reprimida y habla mal de ella diciendo que está podrida; lo hace para que no se la cojan. Pero mira, ya se hizo y eso está a toda madre—. —Soy un hombre feliz, Vargas—.* Cano cumplió. Se tomó las dos caguamas y le paró, por lo menos por ese día. Me ayudó a sacudir la tienda y a limpiarla. No se cansó de hablarme de la chava hasta la noche, que se fue a casa de su mamá. Viéndolo bien, si estaba buena la chava, sólo que no se arreglaba porque la regañaba don Rafa y era muy celoso el cabrón viejo; ya no le pudo dar batería a la chamaca ésta.

El único problema es que Luciano era muy pedo, pero a veces dejaba hasta un mes sin tomar. Lo importante es que Cano se andaba palanqueando a esa señora joven. De antojárseme sí, pero no le iba a tumbar a un cuate un culito que le caía de muy de vez en cuando, siempre lo mandaban a la chingada por pedo. Don Rafa ya tenía como un año de enfermo y la muchacha ya había brincado las trancas. No se sabía que lo estuviera haciendo pendejo. Fue con Luciano con quien lo hizo por primera vez. Al principio don Rafa le pegaba, pero cuando enfermó dejó de pegarle. Ya no podía con ella y los dos niños. A la tercera vez que se la cogió, Verónica le dijo a Luciano que si quería seguir montándola tenía que pagarle doscientos pesos por acostón, y seguido me sableaba Luciano para tumbarse a la mujer de don Rafa, que se empezó a hacer bien puta; empezó a fornicar con el que le pagara. Decía eufórica: —*No dejo a Rafa porque voy a heredar todo lo que tiene, pues no soy nada pendeja. ¿Con qué voy a mantener a mis hijos?, la casa es de ellos. Me meto con hombres por placer, y de paso les saco una lana para ir ahorrando y salir a pasear. Me encanta viajar, ir a las playas a ver el mar. Por eso el que quiera conmigo que le cueste. No me molesta que me digan puta porque sí lo soy, y gozo cuando un hombre me hace el amor.*

Luciano se la chingaba de vez en cuando, guardaba lana si no se empedaba en un mes o me pedía prestado; por supuesto no me pagaba, pero ayudaba al aseo de la tienda. Al principio como que se quiso encular con esta muchacha, pero ella se encargó de que se le quitaran esas ilusiones porque ella quería algo bueno, no chingaderas. Luciano se encabronó pero siguió haciendo esfuerzos para juntar los doscientos pesos. Don Rafa se enteraba de todo porque ella se lo platicaba, y de tanto coraje se murió. La muchacha empezó a putear más fuerte. La empezó a padrotear un cabrón que la hizo que vendiera una casa y le comprara un coche nuevo de los caros, y empezaron a ir a las playas. El padrote quería seguir vendiendo propiedades y ella ya no quiso y él le empezó a pegar. Ella le contó a un hermano que era muy cabrón, y que ya debía algunas muertes. El hermano agarró al padrote dormido y lo despertó con un cachazo de pistola, lo sacó de la casa, desnudo, bañado en sangre y le dijo que si se volvía a parar por ahí, lo iba a matar; el padrotillo jamás volvió. Ella se fue a una casa que tenía en el D.F. Ya no se supo más de ella acá en el barrio. Jamás la volvió a ver Luciano, que a menudo recordaba los buenos palos que se echó con esta putita.

RECOMENDADO por Raymundo Colín, alias el Tinguintín, Luciano consiguió un empleo en una preparatoria en Neza. Duró unos meses trabajando. Compró ropa, compró unos lentes y se veía muy mono el pinche Luciano. Luego empezó a faltar por pedas que se ponía. Hacía un esfuerzo por no chupar, pero le ganaba el alcohol. El Director de la escuela le empezó a llamar la atención por faltista y Luciano le echaba unas mentirillas. Agregándole a que faltaba mucho, también empezó a hablarles a sus alumnos del anarquismo y esto no les pareció a los líderes de la preparatoria; después faltó una semana y lo corrieron. Luciano no resintió la corrida y siguió empedándose a toda madre.

EN LA TEXCOCO, cerca del tianguis que se pone los domingos, un amigo de Luciano llamado Florencio tenía una miscelánea, en la cochera puso varias mesas y empezó a vender cerveza. Se empezó a ganar varios clientes borrachillos. Les daba las caguamas baratas y vendía también pegues y botellas de licor; funcionaba como una cantina clandestina. Florencio le dio trabajo a Luciano sábado y domingo, y le prohibió tomar con los clientes, pero por las noches se podía echar unas cervezas para que durmiera bien. Cano era el que destapaba las cervezas y les servía a los tomadores, le echaba agua al baño, barría y limpiaba las mesas cuando se basqueaban los borrachos. Había veces que le iba bien porque le daban su propina; algunos culeros nunca le daban nada. El local se ponía a reventar. Luciano se aventó dos años ayudándole a Florencio. A Luciano le gustaba este trabajo porque a veces le iba bien con las propinas y el salario. Cuando el negocio estaba en grande Florencio empezó a tener dificultades con su mujer, que tenía una niña; los briagos pasaban por el portón diciendo leperadas y se la pasaban chupando y jugando domino. La esposa contrató a un fotógrafo que se hizo pasar como cliente y fue a demandar a Florencio a la Presidencia municipal. Se aventaron varios meses de juicio, y al fin la esposa ganó y clausuraron la piquera. Florencio, decepcionado, se metió de albañil y adelgazó porque el trabajo era duro, y se ponía triste porque se encontraba a sus clientes dispersos en las calles, tomando a escondidas para que no los detuvieran los policías. Al último, su mujer lo metió al bote acusándolo de que había falsificado su firma y se fue a chingar unos cuantos años a la cárcel. Esto afectó drásticamente a Luciano, que tuvo que buscar otra forma de ganarse la vida.

En la piquera a veces llegaban a chupar buenas viejas, y ahí se las cogían los parroquianos o el propio Florencio. Un día, antes de cerrar, llegó una chava a tomarse unas cervezas. Estaba embarazada, estaba bonita y tenía unas nalgas abultadas. Luciano la empedó y la metió al baño, ahí le quitó la falda y los calzones y sin pensar se lo sambutió; le palanqueó duro hasta que ella se vino. Cuando me lo contó, le pregunté: —*¿Y cuánto le pagaste?*—. —*Tres pinches caguamas*— me respondió Luciano. —*Pues te sacaste la lotería, porque cuando están preñadas tienen la zorra acamotadita; la tienen color camote al horno enmielado, ¿qué no la viste* *pinche Luciano?—. —No, no la vi. Cogimos parados. No la vi, pero sí sentí su zorrita enmieladita, Vargas. Llegó haciendo la finta de que andaba buscando a su marido, pero en esencia quería chupar; qué marido ni qué la chingada—.* Luciano se la estuvo chingando varias veces. Cuando se alivió dejó de ir a tomar cerveza, quién sabe qué rumbos tomaría, el caso es que no volvió.

LUCIANO ERA PACÍFICO, no era de pleito. Pero eso sí, cómo hablaba. Se aventaba noches platicando. No dejaba dormir. Le gustaban las pulquerías para echarse unos curados de jitomate y unos tacos de salsa. A veces se madreaba con otros parroquianos de la pulcata y casi siempre salía madreado; ya pedo no metía las manos. Él no era de pleito y prácticamente se dejaba golpear. Un día a Luciano se le hizo fácil decirle "Patachín" a Jorge, que está mal de sus piernas, y al instante Jorge le recetó un putazote en la boca que le tumbó los dientes; Luciano se quedó con su putazote, ahí inmóvil tragándose su sangre; Jorge se retiró muy contento con sus muletas. Cuando me enteré, le pregunté a Cano: —*¿Por qué no le devolviste el madrazo que te dio?—.* Y me contestó: —*Me dio lástima pegarle a un inválido. Además, todos los amigos lo conocen por ese apodo. Algunos le dicen, "cuarro" y otros "rengo", y así una serie de sinónimos; yo no pensé que se fuera a encabronar, por eso le dije Patachín.*

LUCIANO SE ENTERÓ en un periódico que se llamaba *Ala Tinta*, que había una convocatoria para entregar un cuento para una antología. Primero se animó, pero después se enteró que la dirección no ponía el dinero para la edición, sino que todos los que trabajaban ahí hacían una cooperación para sacar la publicación. El director de Educación y cultura era un maestro llamado Primitivo, que ya se estaba echando para atrás de no querer publicar la antología. Luciano se encabronó y empezó a levantar firmas de los escritores de Neza y gente allegada a la cultura; prácticamente firmaron todos los escritores, teatreros y pintores. Luciano

Cano le hizo llegar el escrito al director donde exigían una respuesta; a los tres días se presentó personalmente Primitivo, dando una respuesta positiva de que sí se iba a publicar la antología. También se supo que Pino Páez presionó al director hasta que por fin salió el libro. Esta publicación tomó en cuenta a escritores de Neza, también del Distrito Federal, y hasta algunos que eran de otros países latinoamericanos. El libro roló por varios estados, así como en el D.F.; nos dieron cinco ejemplares a cada autor y el director de educación quedó que iban a donar los que sobraron a las bibliotecas del municipio.

LUCIANO QUEDÓ HARTO de trabajar en la burocracia. Prefirió algunos trabajos de vendedor. Consiguió un trabajo para vender material eléctrico aquí en Neza; andaba recorriendo por colonias las tlapalerías y de lo que vendía se llevaba un porcentaje. Tenía un mes en ese trabajo y vendía poco, no sacaba ni para comer. Mejor dejó ese trabajo y se puso a hacer chambitas, y de ahí sacaba un dinero para sus gastos primarios. A veces se iba a la Universidad a vender revistas y libros, pero la gente que vendía ahí eran viciosos y cada que Luciano iba por esos lugares se gastaba lo de la venta.

Luciano también publicó en unas revistas porno. Le pagaban una lanita que le servía para seguir bebiendo y así se la pasaba, graneando como él decía, graneando. Cuando descansaba del chupe juntaba su dinero para tragar chínguere del más corriente; con lo que ganaba le alcanzaba para unos quince días. Luciano casi no le hizo a las drogas; fumaba mota de vez en cuando, cuando se juntaba con puro lacra y le invitaban. Pero a lo que más le entraba era al alcohol. Cuando revolvía chínguere y mota se quedaba pensativo. Muchas veces se ponía a escribir, y cuando trazaba los versos él pensaba que era una obra maestra. Decía *"esto es oro líquido"*, pero al otro día cuando despertaba y lo leía decía *"esto que escribí es una chingadera"* y lo rompía. Muchos escritores piensan que con droga son más creativos. En mi caso experimenté que lo que escribía eran puras chingaderas; los textos no tenían coherencia, y por lo tanto decidí escribir en pleno juicio. Luciano también, cuando andaba alcoholizado no escribía ni madres.

Luciano tenía un amigo llamado el Chuchín, que vivía en una prepa; un tipo soñador que se la pasaba haciendo proyectos y no llevaba a cabo ninguno. Vivía de algunos *business* para hacerse llegar una feria e irla pasando, le gustaba la mota, ahí Luciano se ponía unas pedotas y se daba toques. A veces estaba ahí por cuatro o cinco días y salía hasta el culo. Chuchín lo empedaba y Luciano se la seguía varios días. Este Chuchín se quería morir después de la muerte de su mamá, por inanición; dejó de comer y se la pasaba quemando mota. Se puso como cadáver. Afortunadamente lo fue a visitar un médico, inmediatamente le puso suero, le aplicó unas inyecciones de vitaminas y le empezó a dar de comer hasta que se compuso. El doctor le dio una regañiza y no lo bajaba de pendejo.

A Luciano no le gustaba tener novia, digamos para casarse y tener hijos. Él decía: —*Yo, puras de paso y sin compromiso, en términos concretos puras putitas. Con esas no tengo pedos. Les monto cuando tengo lana, si no pues puras chaquetas. Así tengo una parvada de cabronas, las más buenas de los barrios donde ando; así la gozo con unas puñetotas que me hago. A mí no me gusta tener hijos*— decía. —*Es mucha responsabilidad; si no me puedo mantener yo, no voy a traer otros seres para que sufran y carezcan de muchas cosas. No quiero aventarme ese boleto. Yo adolecí de varias cosas, nunca me pude comprar unos patines y hasta la fecha. Todavía me gustan los patines, pero ya no puedo andar en ellos, ya me hice viejo; un día me prestaron unos y por un pelo me meto un chingadazo en la cabeza. Me lastimé la espina dorsal. Ya hace tiempo de eso y todavía me duele, así es que adiós pinches patines.*

UNA VEZ, en un encuentro de poetas y narradores aquí en Neza, Luciano Cano pasó a la tribuna a leer uno de mis cuentos llamado "El padrote", y como a las tres páginas los asistentes sintieron la verga adentro y empezaron a aplaudir para que suspendiera la lectura; Luciano dejó de leer y se levantó muy encabronado.

Esa gente no conoce nada de la democracia y menos de la libertad de un escritor. La mente no tiene límites. Creo que están bien reprimidos, les hace falta coger más seguido y hacer unas lecturas de erotismo y pornografía, para que no se espanten y se les quite lo conservadores; son viles burócratas que levantan la bandera de promotores culturales, y lo único que hacen estos especímenes es vivir del presupuesto.

Luciano estaba de acuerdo con estas apreciaciones y le mentaba la madre a los críticos literarios que nada más escribían para un grupo de cabrones; pequeñas mafias que se repartían las becas y presupuestos. Los acusaba de ser envidiosos porque él anduvo tocando puertas para que promovieran la revista Desmadre y ningún culero lo tomó en cuenta.

LE DIJE A LUCIANO: —*Mira, ¿vez esa chava que viene ahí? Está bien buena. Tiene un culote a toda madre, unas tetas grandes y jugosas, unas piernas largas preciosísimas. Mira, tiene un color canela y de pelo chino. Mira, pinche Cano, ese fundillo te cuesta doscientos pesos y viene aquí derechito a la tienda*—. Cuando Luciano la vio entrar se quedó pendejo. Le dije: —*Hola Rosa, ¿cómo estás?*—. Le di la mano y nos saludamos de besito. —*Te presento al poeta Luciano Cano Estrada*—. Mucho gusto, se dijeron. Ella lo saludó con un besito en la mejilla y le dejó bilé. Pinche Luciano, hasta temblaba. —*¿Qué te tomas Rosa?*— le dije. —*¿Un tequilazo, una cerveza o un refresco?*—. —*Traigo calor*— dijo ella —*Dame una cerveza*—. —*¿De cuál quieres?*— contesté —*¿Una Victoria, una Corona o una Modelo de bote?*—. —*Una Modelo de bote*— me contestó—. —*¿Y tú, Cano?*—. —*Yo me chingo un tequilazo*—. —*Yo los acompaño con una Coca, ando un poco malo del estómago y la Coca es buena para eso. A tu salud pues, Rosa*—. —*Salud, pues*— dijo. Cano se aventó el putazote casi de un trago.

Rosa tomaba despacito y dijo: —*Nada más vine por unos costales para la basura, ahora estoy tomando aquí con ustedes y dejé la basura en plena calle*—. —*No importa*— le dije —*Después vuelves a barrer*—. Estuvimos brindando un buen rato.

Luciano ya le andaba metiendo la mano en el culo. Ella le dijo: —*No te pases de listo, porque yo cobro*—. Estrada me dijo inmediatamente: —*Invítame para culearme a Rosa*—. Y le dijo a ella: —*Al ratito nos ponemos de acuerdo*—. Luciano y Rosa ya estaban bien prendidos y yo ya iba para la tercera Coca-Cola. Cano la seguía manoseando. Rosa se sacó las chiches y le dijo: —*Si quieres más, dame doscientos pesos y son tuyas*—. Luciano me empezó a presionar para que le invitara. Por fin le dije: —*Te voy a prestar, pero yo me la voy a chingar primero. Lánzate por unos condones*—. Estrada dijo: —*Deja echarme otro fogonazo y voy por los condones*— y enseguida se lanzó por los plásticos. Yo le empecé a agarrarle las chiches a Rosa, que dijo: —*Vas a agarrarme, pero tienes que pagar*—. Le dije: —*¿Cuánto vas a cobrarnos por los dos?* —. —*Con los dos juntos no me gusta, yo quiero uno por uno, y les voy a cobrar doscientos pesos por cada uno*—. Yo le dije: —*No seas carera, Rosa. Ya con ganas de tratar te voy a dar trescientos por los dos*—. Contestó: —*Ni para ti ni para mí, trescientos cincuenta*—. Después llegó Luciano. —*Vamos a tomarnos una cerveza más porque yo me voy a coger a Rosa, ya después te la coges tú, Luciano*—. Luciano dijo: —*Yo quiero primero*—. —*Ni para ti ni para mí, vamos a echar un volado*— le dije. Saqué una moneda y la aventé. —*¿Qué pides?*— me dijo. —*Yo, águila*—. Le dije: —*Ya te chingaste, Cano, sol. De todos modos, me la iba a coger primero. Pero va a estar bien limpiecita, porque el condón parará los espermas que le voy a echar.*

Agarré de la mano a Rosa y nos fuimos a la bodega. La llevé directito a la cama, la acomodé de culo, raspándole las nalgas y agarrándole las tetas, ella adelante y yo atrás. La tumbé, la empecé a besar. Poco a poco la fui calentando con el dedo en la burra, tocándole el clítoris; la fui besando de la cara hasta llegarle a plena mandunga. Le daba unas lengüeteadas que nada más se quejaba. La Rosa era muy bella de culo, la puse de a perrito, se lo fui atascando poco a poco y se lo dejé ir hasta el ras. Se movía lindo. Me salí y fui al baño, me cambié de condón y me puse uno de sabor chocolate. Me le acerqué y le dije: —*Ahora, mámalo*—. Era diestra mamando. Mi verga parecía otate. Le empezó a dar unas ligeras mordiditas con los dientes delanteros, luego con las muelas, al modo de chuparse un hueso. Así estuvo grande rato. Los condones son resistentes, salvo en una de malas que se rompan; entonces sí está cabrón. Pero mordiendo con talento, y a un ritmo no tan duro, resiste bien el preservativo. Ya no se lo metí por la zorra, pensé *mejor me voy a ir en su boca*. Le aceleraba, luego descansaba, y así estuve hasta que me fui en un orgasmo de mucha madre, ahí me vacié. Me dio unos besos, me quité el condón y lo deposité en la basura. Estábamos sudando. Saqué dos cervezas de bote Modelo y brindamos. —*A tu salud, Rosa*—. Y nos echamos un fuerte trago de la cebada.

Luciano se la estaba jalando atrás del mostrador, detrás del pan de La Tía Rosa. Le dije: —*Ya te toca*—. Me dice: —*Ya era justo, te aventaste un ratote*—. —*Ya te la dejé desnuda. Ese culo es mucha madre*—. Pinche Cano Estrada, se le abalanzó y le empezó a dar unos besotes de a lengüita. No había pedo por eso, estaba limpiecita; todo lo había arrojado en el condón, por eso ni le dije, y también para que no le fuera a dar asco.

Estaba viendo el acto. Luciano le chupaba las tetas como desaforado, primero una, luego otra, le acariciaba el culo. Luego le plantó una mordida en cada nalga, bufaba como león. Le metió el dedo en el culo. Estaba tan desesperado que ni cuenta se daba de que lo estuviera mirando. Ella tiró un alarido cuando le metió un dedo en el recto, luego le empezó a mamar la zorra; pinche Luciano, le valió madres el SIDA, se la cogió a raíz, sin condón. Después se enojó Luciano porque Rosa no le quiso mamar la verga. Le dije a Rosa: —*Te voy a dar otros ciento cincuenta más*—. A Cano nomás le brillaban los ojillos. Inmediatamente la puso a mamar. Estrada sentía cabalgar los cielos, ahí se fue, se quedó apendejado por el garrotazo. Saqué la paca de billetes y le di setecientos pesos. Rosa se puso feliz. Le regalé unos chocolates. Le dije: —*A mí me encantan los chocolates Larín. ¿Qué, nos tomamos otra cervecita?*—. Rosa dijo: —*Ya me voy. Me siento mareada*—. Salió por la puerta porque la cortina estaba bajada. Cuando se fue, Luciano comentó: —*Qué buenos culos me conectas, Vargas*—. —*Sí*— le dije. —*Pero me tienes que pasar a máquina una novela, y te voy a dar una lana para que le chingues. Tómate otra nada más, porque vas a agarrar una pinche pedísima; mejor llévatela tranquila y a ver si mañana nos cogemos a otra.*

—¿*Y POR QUÉ por qué no usas condón?, pinche Luciano*—. Contestó: —*Es que no sabe igual*—. —*Pero ya sabes que hay un chingo de SIDA. Por un palo te pueden contagiar y luego hasta a mí, cabrón. Te va a llevar la chingada por pendejo. En mi caso, yo si me voy a coger un ángel también me pongo condón, ya no hay que confiarse de nada—.* Dijo Luciano: *—Pero ésta se ve que está sana—. —No, pinche Luciano. La pudrición está por dentro, aparentan que están muy sanas y madres, te contagian. No le hagas al güey, ponte condón. Si no, ya no te voy a invitar viejas—. —Pero ni siquiera me lo sé poner, pinche Vargas—. —Pero si serás pendejo, pues ponte a practicar con una verga de plástico o con un consolador. La epidemia ha avanzado mucho. Ya se internacionalizó. Aquí a unas cuantas cuadras se murieron como ocho; unos jotitos y unas chavalas. Seguramente hacían orgías, y ya se murieron todos, y bien jovencitos, cabrón. Así es que no le juegues al vivo. Uno de los putitos era mi vecino, tendría unos 17 años. Cuando le dijo el doctor que se iba a morir organizaba un jardín en la banqueta de su casa, tenía bien atendidas las plantas, algunas floreadas. Preparaba su café y estaba todo el día tomando. Ya cuando estaba grave, le pidió a sus familiares que lo llevaran a Guanajuato, donde nació su papá. Su mamá, la Lucha, le corrió. Lo llevaba con brujos, yerberos y chamanes; se topó con muchos charlatanes, pero ella le corrió. La gente no se le acercaba pensando que se fueran a contagiar. Sus amigos dejaron de visitarlo. En la medida que iba enflaqueciendo, hasta sus familiares se apartaban. Sólo su mamá lo atendía. Él se sentía a gusto viendo crecer sus plantas, se reía cuando llegaba una señora que todos los días lo iba a visitar; a él le gustaba la charla. Un día ya no sacó las plantas, ya iba camino a Guanajuato. Total, como te decía, murió en un pueblo. Y era SIDA lo que tenía, había muerto de esa epidemia. Por eso te digo Luciano, eres cabrón, pero a la vez pendejo.*

HUBO UNOS DÍAS que veía triste a Luciano, cabizbajo. Le pregunté qué tenía, que lo veía medio raro. Empecé a sospechar que estaba enfermo del pito, porque cada rato iba al baño, y lo sorprendí tomándose unas píldoras de víbora de cascabel; me dijo que eran buenas para el estómago. Le pregunté: —*¿Quién te las recetó?*—. Me dijo: —*Un naturista*—. Le dije: —*No cabrón, tú tienes otra cosa. Dime la verdad para darte para la consulta con un médico*—. Y me dijo: —*Bueno, no te quería decir, pero traigo una gonorrea cabrona; una gorda de la Merced me contagió*—. Le dije: —*Pues vete con un médico general que está en la avenida Pantitlán, antes de llegar al cine Lago; es muy bueno*—. Le di para la consulta y los medicamentos. Cuando regresó se aplicó una inyección de penicilina. Me dijo: —*Arde, cabrón*—. Miaba a cada rato y luego solamente le salían unas gotitas. Después que se puso cinco inyecciones se compuso, pero se aplicó ocho para reforzar. Lo bueno es que fue gonorrea. —*No seas pendejo*— le dije —*hay que usar condón.*

UN DÍA estábamos Luciano y yo tomando un café, serían como las doce de la noche. Me puse serio y le dije a Cano Estrada: —*Oye cabrón, ¿por qué no le hablas al Diablo y le pides varios deseos?*—. —*¿A poco tú crees en eso?*— me dijo. —*Claro que sí, Luciano. Debe de ser en un lugar solo; si quieres te llevo al Bordo del Xochiaca o a la montaña, allá se aparece montado en una mula, vestido de charro y echando lumbre por los ojos y boca, y llegan unos aironazos y cae lluvia con rayos en seco, nada más le brillan las espuelas*—. Le dije: —*¿Cuáles serían los deseos que le pedirías?, ¿triunfar como escritor?, ¿traer un chingo de viejas y tener dinero? Al Diablo hay que hablarle en la madrugada. El Bordo del Xochiaca está solo. Ahí el Diablo se aparece en un carro negro, último modelo, rechinando las llantas, y se oye un estruendo por todo el lugar. Le gritas a todo pulmón: ¡Oh, Satán, ven aquí, te voy a dar mi alma para que te la lleves al infierno!*—. —*No, pinche Alberto. Yo no le hablo. Ya me dio miedo; me dio escalofrío sólo con eso que me dijiste*—. —*Es que el Diablo te tocó con una uña.*— le dije —*Te voy a proponer otra cosa: si quieres ver al Diablo, en la noche te echas lagañas de perro en los ojos y* *lo vas a ver—. —Ya me diste miedo, pinche Vargas. ¿De dónde sacas tantas cosas?—. —Ha de ser por la cruda. Todo eso que te platico, yo ya lo hice: hice compadre al Diablo. Yo le pedí ser escritor y ya lo soy, le pedí mujeres y las tengo, le pedí fama y soy famoso y le pedí dinero y así ando siempre con dinero. Y cada que quiero verlo me echo lagañas de perro en los ojos y platico con él—.* Luciano se espantó y me dijo: *—No, Vargas, tú sí que estás endiablado. Vete a confesar, porque estás en pecado mortal—.* Y le contesté: *—Qué mortal, ni que mortal, mis huevos son primero. ¿No que eras ateo y anarquista? Le tienes miedo al Diablo— . —Ya no hables del Diablo—* dijo Luciano *—Todavía estoy temblando. Ha de ser por la cruda.*

AL OTRO DÍA, como a las nueve de la mañana, le dije a Luciano: *—No voy a abrir el changarro para que nos vayamos a culear unas viejas allá en Bucareli, cerquita del Café La Habana; empieza a funcionar a las 10:00 de la mañana. Hay que tomarnos unos alcoholes para que cuando estemos allá no nos salga tan caro; pero no te pongas muy pedo, porque si no vas a ir a hacer el papelón a lo puro pendejo—. —Si se trata de mujeres, no me empedo—* dijo Cano. Nos tomamos una anforita de Presidente y nos fuimos en un taxi que nos dejó en el mero cine Bucareli; ahí estaba al lado el antro. Entramos a las 11:30, todo estaba oscuro; sólo un foquito alumbraba a la cajera. Había unas pantallas grandes y estaban pasando una película porno. Después de media hora en la oscuridad nos familiarizamos y empezamos a ver a las viejas que estaban ahí; había pocos clientes. De lo que se trataba era de que te la mamaran, doscientos pesos. Nos tomamos dos cervezas cada quien. Luciano escogió una puta. Le di para que pagara, y entraron sigilosos a una sala. Cuando me estaba acabando la tercera cerveza, Luciano salió contento, risueño el cabrón. Me tomé el último trago y escogí a una morenota trompuda y nalgona, entramos a la sala. Me sentó en un sillón, me bajó el cierre y me empezó a acariciar la verga. Mi miembro empezó a hacerse retozón y ya cuando estaba macizo, la morena lo vistió con un condón; me empecé a mover a modo de coger. Aventé leche como lava de volcán y me estuve silencito unos segundos. La putona me quitó el condón y lo aventó al cesto de basura y nos salimos. Luciano, que ya se había chingado dos cervezas más, me preguntó: —*¿Qué tal, cómo te fue?*—. Le contesté. —*A toda madre. Esa morena me dio unas buenas chupadas*—. —*A mí también me dieron una elocuente mamada*— dijo Cano. —*Pues vámonos a la chingada a tomarnos un café a La Habana*— le dije. Y nos fuimos.

En el café Habana escribí tres libros. Llegaba a las 12:00, pedía mi café americano y un vaso de agua fría, y a tupirle a la escritura fumando Delicados, uno tras otro; el cigarro le da buen sabor al café. Con estas sustancias me daba por hablar mucho. Cuando terminaba de escribir me ponía a mirar por la ventana, veía pasar a las mujeres y dejaba que mi mirada se regocijara, después veía cómo entraban los clientes al café. Toleraban a los clientes, por un café te podías sentar horas y no te corrían; había algunos que pedían un café y se estaban todo el día plática y plática. Yo me tomaba cuatro tazas de café y salía bien bombo; me encaminaba al Metro de regreso a mi casa. Sentía un vacío en el estómago, comía y me concentraba a escribir. Me sentía mentalmente más ágil. Narraba en automático, hasta que llegaba la noche. Después ya se me iba quitando lo cafeteado hasta el amanecer. El estimulante que más me gusta es el café, no te haces dependiente; si se antoja y no hay, te aguantas y no te angustias. He tomado café por veinticinco o treinta años. La mayoría de mis libros los he escrito encafetado, aunque últimamente lo he dejado porque tengo una gastritis aguda.

HE PASADO NOCHES en Los Burros con putas y música en vivo, tomando y bailando. Ahí es la pura diversión. No se ve con claridad, iluminan con focos rojos y casi todo está oscuro; ves un montón de piernas y tetas. Pero me inspira. En este ambiente todo cuesta. Por lo regular te gastas todo; cuando quieres echar un palo ya no traes ni un quinto o no te alcanza, y tienes que cubrir una serie de requisitos; nada más por sacarte una puta del antro te cobran una suma considerable, más lo que le tienes que pagarle a ella y lo del hotel y el taxi. Total, que el que quiera andar en el mundo de las putas, tiene que trabajar para darse estos gustos, si no, te retiras pronto o te lleva la chingada; en miseria, pero con el recuerdo.

Pero no sólo de putas vive el hombre. Hay que apartarse de repente del ambiente y disfrutar del silencio. En tu casa también alucinas, estando en pleno juicio; te pones a reflexionar en una noche silenciosa, te relajas y descansa tu mente, tu cerebro y tu alma. Muchos viven en viviendas todos amontonados; les sugiero que se vayan a un pueblo y se hospeden en un hotel y estén ahí una semana disfrutando del silencio, salir al bosque y comulgar con su espíritu. Esto refresca la vida. Nadar en un río con agua dulce es un *relax* poca madre; te olvidas de todo aunque sea solamente por unas horas. Te llevas dinero y te das vida de rey. Esto era lo que le hacía falta a Luciano Cano Estrada.

UN AMIGO llamado Florencio tenía un terreno en Valle de Chalco y querían invadirlo. Hizo un cuartito en la tierra y lo techó con lámina de cartón, con una fosa para hacer las necesidades fisiológicas. Ahí se fue Luciano a cuidarlo. Le pagaban una baba seca y le llevaban comida por la tarde. Los teporochos, que entre ellos se huelen, se empezaron a juntar en el cuartito y cada día llegaban más. Ya eran como veinte y ya no cabían, así que hicieron una sombra en el terreno y se la pasaban tomando guachiringa. Luciano era feliz chupando. Casi no comía. Los teporochos le llevaban un taco y algo que le llevaba Florencio. En este tiempo tomó mucho, varios meses de beber sin descansar; hasta que ya estaba bien jodido y débil volvió a la casa de su mamá, que lo curó; le compró vitaminas y le daba buenos alimentos. Luciano se compuso. Duró dos meses sin tomar y se restableció, pero volvió a la borrachera. La familia de Luciano ya lo ignoraba, decían que era un perdido. Ya se habían resignado a que se muriera.

Luciano tenía sus objetivos en la literatura. Quería triunfar en la poesía. Cuando andaba en su juicio buscaba dónde publicar. Llegó a publicar en una revista porno llamada La Cachorra; le pagaban una lanita que le caía como perlas. Por errores en la Dirección de la revista se fue a la quiebra. Luciano escribió unos cuantos cuentos, y cuando tronó lo revista ya no continuó escribiendo. Yo escribí 12 cuentos para esta revista que leían taxistas, adolescentes y depravados cabrones; circulaba en los puestos de periódicos. Me entusiasmó escribir en este tipo de revistas, porque no había otras alternativas.

Un día Luciano se puso a tomar en la tienda. Tomó todo el día, pero despacio. Me sorprendió que saliera ya en la nochecita; regularmente se quedaba hasta una semana. Me quedé con la duda. Seguí despachando hasta las 11:00, bajé las cortinas. Me acordé de la pistola, metí la mano donde la tenía escondida y no estaba. Inmediatamente pensé en Luciano, este tal por cual se la llevó; ya no seguí buscando, era un hecho que él se la había llevado. Pensé, *no vaya a cometer una barbaridad*, porque me había dicho que tenía unos enemigos. A la semana, Luciano regresó. Venía en su juicio. Antes de que le preguntara por la pistola metió la mano a su morral, sacó la pistola y me dijo: —*Toma tu pistola*—. —*¿Por qué te la llevaste?*— le pregunté. Me dijo: —*Ya pedo me di valor. Hice un desmadre con esta pistola: fui y le disparé al viento a unos culeros que se querían pasar de listos. Los espanté a los cabrones. La gente se asustó en el edificio donde vivo; mi mamá y mi hermana casi se mean cuando vieron la pistola. Luego fui a la pulquería y eché dos tiros; se apantallaron los cabrones. Luego me la llevé al café Castropool; ahí se me cayó, el dueño me vio y se puso a temblar de miedo; mejor me salí. Pero ahora me respetan más*—. Le dije: —*Ya no te andes llevando la pistola. Lo bueno es que no pasó nada. La pistola da mucha seguridad, pero ya pedo puedes cometer una imprudencia*—. Tomé la pistola y la guardé en la bodega, donde no la viera el mula de Luciano. Después, Luciano me dijo: —*Te voy a hacer todo el aseo de la tienda, de todo a todo, y me das doscientos pesos. Aliviáname*—. —*Está bien, Cano.*— le dije —*Seleccionas todo el envase de refresco y lo estibas bien, y también acomodas el envase de cerveza; hay que estar al pendiente cuando pase el camión de la basura para tirarla.*

UNA TARDE QUE NO HACÏA FRÍO ni calor, estábamos Luciano y yo tomando agua de papaya. Estábamos haciendo relajo. Luciano me dijo: —*Oye Vargas, ¿por qué no vamos a una lonchería?*—. Le contesté: —*Ya están muy escasas. Son permisos que dieron hace cuarenta años. Ahora son restaurantes, bares y centros botaneros. En todos estos sitios hay putitas y te fichan con la bebida. También salen a coger, pagándole una cuota al administrador. Todavía hay una por la avenida López Mateos; cuando quieras, vamos. Es más, qué te parece si al rato vamos. Estos antros cierran temprano. Hay putitas muy buenas y no cobran tan caro; en estos lugares la mayoría de las mujeres están gordas, son diestras mamando. Deja que den las cuatro de la tarde y vamos.*

Cerramos y nos fuimos caminando. Llegamos al Romano, hurgamos con la mirada. Sólo había dos borrachos en una mesa, y en otra mesa estaban cuatro muchachas gordas ofreciendo su servicio. Nos habíamos puesto de acuerdo en traernos a las más buenas. Las mandamos traer con el mesero, que cuando nos dio la espalda se le salieron los pedos; yo creo que se andaba cagando, porque inmediatamente entró al baño. Me levanté y traje a dos muchachas. No teníamos la intención de tomar mucho. Nos dicen las chavalas: —*Vamos a estar con ustedes, pero los vamos a fichar*—. Les pregunté. —*¿A cómo va a salir cada cerveza que se van a tomar?*—. —*A $30*— dijo una de ellas. Eran Coronitas de a cuarto. Las estuvimos manoseando un rato, se nos paró la verga. Les dije: —*¿Cuánto cobran por salir?*—. Dijeron: —*$150 por las dos*—. Las convencimos de que fuéramos a la tienda, que lo que íbamos a gastar en el hotel mejor se los dábamos. Estuvieron de acuerdo. Pensé, *a toda madre, así nos van a salir más baratas*. Pagué la cuenta y salimos. Abordamos un taxi que nos llevó a Valle de Chalco.

La gente se nos quedó viendo porque las putitas traían la minifalda hasta el culo. Abrí la puerta lateral a la cortina y entramos; Luciano sacó unas Modelo de bote bien frías. —*A su salud*— dijo una de las chavas y chocamos los botes; me estaba haciendo pendejo, tomaba traguitos. Luciano puso un cassete en la grabadora, un son cubano y nos pusimos a bailar. La que me tocó me puso el culo en la verga y empezó a rasparlo, la de Luciano igual. Traía la verga como palo, le empecé a meter los dedos por la zorra, estaba encantada. Ella se quitó la tanga, un cordelito que nada más le tapaba la burra. Le dije: —*Aplasta las nalgas en este costal de croquetas porque ahorita nos vamos a perrear*—. Ya tenía listos los condones; tenía una zorrita dulce, aceitadita, la tenía colorada y con harta babita. Luciano ya tenía bien ensartada de a perrito a la chava, se lo empujaba y ella nomás pujaba. Estábamos viéndolos y tomando. La chava que estaba conmigo me dijo: —*Ya me calenté*—. Le dije: —*Para que te pongas más a tono empieza a mamármelo, nada más deja que me ponga el condón*—. Me empezó a lamer los güevos, luego agarró con fuerza el condón y me empezó a mamar. Muchos dicen que no les gusta con condón. Es peligroso. Está cabrón morir por un palo. Es mejor cuidarse y esperar que la ciencia descubra una vacuna o medicamento que le abra paso al placer y se haga otra revolución sexual, ya sin miedo a cogerse a quien se deje.

La chava que yo traía dijo: —*Si quieren echarse otro palo, pues ya, porque tenemos que regresar a la lonchería*—. La puse de culo para arriba, tenía unas nalgas divinas. Le estuve dando duro, se quejaba. La puta de Luciano estaba molesta porque Luciano le había metido una pluma fuente por el culo y le sacó la calabaza. Decía: —*En eso no quedamos*—. Luciano ya estaba pedo, y ya ni caso le hacía a la vieja; se quedó dormido roncando a cuerpo tendido. Yo tenía a la mía mamando pito mientras yo le apretaba los senos. Aceleró la mamada y me vacié en su boca. Liquidé a las chavas y se fueron contentas. Quedaron en regresar.

Tiempo después, Luciano regresó al Romano. Se llevó a una putita al hotel que está atrás de lo que era el cine Lago. Se la cogió, se bañaron y salieron sin novedad. De repente que les sale un judicial con la pistola y les dijo: —*Están detenidos*—. —*¿Cuál es el motivo?*— preguntó Luciano. El judicial contestó: —*Le estás poniendo los cuernos a otro cabrón*—. Y toma, que le da un culatazo por la espalda. Luciano dijo: —*La saqué de una lonchería*—. La puta estaba llorando de miedo. —*Nada más traigo cien pesos*— dijo Luciano. Se los enseñó al judicial que nada más le brillaron los ojitos. Los recibió y apapachó a Luciano. —*Vete con cuidado*— le dijo. Luciano se fue sobándose el putazo. Estos judas todavía suelen extorsionar a los clientes de los hoteles. Son robos descarados. Por eso hay que demandar a estos hijos de la chingada.

CUANDO PUSIMOS VINOS y licores en la tienda, vendíamos de noche. Llegaban borrachos y borrachas de todo tipo. A Luciano le encantaba quedarse a velar. Dábamos más cara la bebida, que era lo que se vendía principalmente. También se vendían cigarros y botanas. Cuando venían chavas a comprar las invitábamos a tomarse una copita, y ya pedonas se pasaban. Les agarrábamos los senos, y si se dejaban, era seguro que iban a aflojar la zorra o una mamada. Cuando estaban muy pedas no las invitábamos, porque se alocan mucho; a veces caían unos fundillos a toda madre, por eso a Luciano le gustaba quedarse. Les dábamos unas cogidotas que hasta pelos dejaban detrás del mostrador. A veces los pujidos se oían hasta la calle; muchos ya sabían que estábamos cogiendo.

Una noche metimos a una morena de facciones finas. Destacaba un culo espectacular y unas piernas largas bien formadas, labios gruesos que se antojaba penetrarla. Le invitamos un Solera a sugerencia de ella; sacamos vasos, hielo y cocas. Luciano sirvió los tragos y yo pensé: *Voy a dejarla que se enardezca*. Luciano ya quería manosearla, pero tuvo que atender a un cliente. Mientras, yo me posesioné: empecé a agarrarle sus tetas jugosas y se las empecé a mamar, y a meterle el dedo en la zorra. La estuve fajando como loco. Le di unos besos divinos; ella ya estaba tan caliente que hasta se había venido en mi mano. Le dije a Luciano que esperara. Me reclamó que siempre yo era primero. La senté desnudita en una caja de Coca-Cola, le puse la verga en esos labios sexosos y empezó a mamármela. Con los pezones de sus senos me raspaba la mollera del pito. Me apretaba fuerte y se daba unos llegues en su vagina, se lo pasaba por la frente, decía: —*Este olor me encanta*—. Luego le daba unos chupetones. Mientras me lo mamaba, Luciano despachaba por la ventanita. Yo ya tenía el pito morado del bilé. Tenía una colchoneta, la acomodé y que la pongo a cuatro patas; se lo borré y nomás oí un quejido. Le apretaba las chiches y me imaginaba que estaba haciendo pan en su lomo. La agarraba de los hombros y la jalaba para atrás. Ya estaba enloquecida aventando aguas, hasta que me pidió que descansáramos un ratito.

Luciano se la quería coger, y le dije: —*Todavía no me he ido, sólo descansamos un ratito*—. La chavala me la acariciaba y yo le agarraba las mejillas para que se calentara de nuevo. Le empecé a tallar el clítoris. Después de unos minutos se empezó a calentar. Me acosté boca arriba y le dije: —*Móntate*—. Abrió las piernas, se sentó, y sentí cómo se fue enterrando todito; fue una sensación por arriba de Dios, y me llegó a la mente un poema que dice: "*Hay mujeres, ahí lo traen, lo que no quieren es darlo, nomás se sientan en él, a puro martirizarlo*". La chavala iba levantando la zorra hasta la cabeza del pene, luego iba bajando hasta el ras. Movía el culo a todo vapor, en ese momento me empecé a ir en un chorro al mismo tiempo que ella se venía en un multiorgasmo. Estábamos bañados en sudor. Nos desenchufamos plácidos, tomé papel higiénico y nos limpiamos nuestras partes. Luciano estaba preparadísimo. Decía: —*Ya me toca*—. Pero la chava no quería coger con él. Metí la mano a la bolsa, saqué un fajo de billetes, y le dije a la muchacha: —*Toma $600, y cógete también a Luciano*—. Ella aceptó. Fui a vender a la ventanita. Nada más veía a Luciano cómo se lo arremetía. Me quedé un ratito dormido. Tocó un cliente, le di una botella de Presidente, unos cigarros y cerillos. Luciano, que ya había terminado, se estaba echando unos tequilazos y platicando con la muchacha de cuando trabajaba en el Departamento del Distrito Federal. A la chava le daba risa y Luciano también se carcajeaba. La chava se aventó tres putazotes de tequila y se quedó dormida. Me chingué una Coca-Cola para el sueño. Luciano siguió tomando despacio, y así se la pasó toda la noche. Antes de amanecer se fue a acostar a un lado de la chava y no le costó trabajo penetrarla porque estaba totalmente desnuda. Ella dejó sentir unos pujiditos placenteros y le dijo *Mi amor* a Luciano, cuando ya tenía todo el chafalote adentro.

Mientras Luciano cogía me puse a pensar en la pornografía y el erotismo. Llegué a la conclusión de que era lo mismo. La narración del coito que nos aventamos los tres no era más que placer. Algunos críticos si ven una fotografía atrevida, y supuestamente sucia, dicen que es pornográfica, y en realidad es un desnudo que incluso puede ser artístico; en un relato no hay límites, cuando el artista se reprime se está autocensurando y eso es terrible. En la historia del arte hay desnudos y descripciones de sexo. El hombre, después de comer, en lo que piensa es en el sexo y en otras actividades artísticas, y desde que tiene razón busca la inmortalidad. Por eso el hombre se hace científico, enfrentando a las religiones que están deteniendo la historia. En el arte le llaman pornografía, y todo lo que viene progresando lo etiquetan de malo, poniendo como justificación a Dios. Las religiones se han impuesto a través de masacres y crímenes, por eso van a morir. Las burocracias eclesiásticas están llenas de corruptelas y los jerarcas viven como reyes, con placeres mundanos. Desde un cura de una comunidad apartada, que tiene su grupito de mujeres que le lavan la ropa y le hacen la comida, pasando por los jerarcas de medio pelo, hasta las cúpulas encumbradas que derrumban y ponen gobiernos; las religiones más grandes son poderosísimas y negocian con los imperios, y muchas veces imponen su voluntad. No luchan por la pobreza del mundo, más bien engañan a los pobres.

CUANDO LUCIANO iba a trabajar con Florencio empezaba a tomar desde las 9:00 de la noche y hasta que cerraban. No le daba oportunidad de llegar a su casa; ya bien pedo se iba a la Clínica 25, y ahí dormía en la sala de espera, en la mañana salía a tomar el camión que lo llevara al Metro. A veces se aventaba varios días en la briaga. No le gustaba dar molestias a sus amigos, no le gustaba tocar en la noche. Él mismo sabía que le encantaba platicar hasta el amanecer, y por esa razón muchos de sus amigos no lo dejaban quedarse en sus casas, porque no dejaba dormir. Encontraba teporochos, y con ellos platicaba hasta el cansancio. A veces le caía una teporocha, le llevaba su frasco de alcohol del 96 y se la cogía en las banquetas; a veces los veían algunos nocturnos, pero cuando mucho les decían *pinches mugrosos cochinos*. Luciano chupaba seguido y decía que le gustaban estos lugares sórdidos.

Un viernes, Luciano llegó a la tienda, se tomó un refresco y vio muy oxidado un machete que había comprado en Michoacán. Lo lijó y lo dejó relumbroso, luego le sacó filo. Comentó que estaba bonito y ahí lo dejó. Acomodé el machete detrás del refrigerador y ahí lo dejé también. Un domingo en la mañana, un cabrón apodado el Ajuate picó a mi sobrino Javier con un picahielo. Mi sobrino fue a ver al médico, lo revisó y le dijo que no había penetrado, que sólo era la punta. Como a los veinte minutos de quedarme solo, que llega ese hijo de la chingada del Ajuate. Le dije: —*¿A qué vienes, hijo de tu puta madre?*—. Saqué el machete y le di unos lomazos por la cabeza. Lo tumbé, me agarró el machete y se lo metió en la axila. Me traje un pedazo de camisa y el machete ensangrentado; la herida fue de consideración, lo mandé al hospital al hijo de la chingada. Desde esa abaratada me empezó a hablar bien, me decía Betito. Madrear a un líder de una colonia trae sus dividendos, porque siendo el jefe te llegan más mujeres; cada dos o tres años hay que seguir abaratando a líderes para que seas el *caca grande*. No hay que ponerse hasta la madre de alcohol porque un chamaco pendejo te putea; es mejor que andes a medios chiles. Me hice famoso cargando una Smit y una Cobra, las dos eran calibre 38; pasaba por todas las calles, atravesaba en medio de las pandillas. Cuando me encontraba con desconocidos sacaba la pistola y cargaba cartucho; se espantaban y corrían. El arma la cargaba cuando corría peligro. Las pistolas dan seguridad, pero uno debe andar bien controlado. Sólo en extremos peligrosos hay que sacarlas a romper madres.

POQUITO QUE ERA CABRÓN y como cursé la Universidad, me llovían chamacas; además, la grilla me ayudó a hablar con seguridad, y como me gustaba leer novelas, sacaba unos verbitos de intelectual; impresionaba a las chavas, aunque algunas me mandaban a la chingada. A veces salía un híbrido de academicismos y mentadas de madre a lo cabrón. Desde los doce años me gustaba hablar de viejas y sexo. Era feliz cuando me platicaban historias de mujeres y de la cogedera. El primero que me enseñó una revista de desnudos fue Rafael Pérez, que por sobrenombre le decían el Campanas. Me decía: —*Fíjate, Pintilla, qué zorrota tiene ésta, y ésta. Mira pinche Pintilla, ésta otra y ésta; hasta tiene babita*—. Se me paraba el pito y el pinche Campanas se cagaba de risa. Todavía recuerdo a Josefina bañarse en el río. Le gustaba enseñarme la zorra: se abría de piernas para echarse jabón y yo le veía la pelusa; me encontraba a diez metros de distancia y me daban ganas de pedirle el culo, pero me daba miedo. Pensaba, *Qué tal si se raja con mi mamá*. Traía una moneda de plata de veinticinco centavos y me daban ganas de ofrecérsela, pero no me atrevía. Tuve que conformarme con mirarla. Le valía madre y me enseñaba todo su cuerpo; tenía 20 años y estaba fogosa. Delante de ella me sacaba mi fierrito y empezaba a acariciarlo; me lo chaqueteaba y hasta se me hinchaba. Las primeras veces me salía un esperma grasoso, luego me empezó a salir más nítido. Era un profesional en las chaquetas.

OCTAVIO
PAZ
VRS

—OYE LUCIANO, ¿tú sabes el origen de la palabra "chido"?—. Luciano dijo: —Ni idea tengo, Vargas—. —Pues yo sí, Cano. El origen de la palabra "chido", que trae de moda la juventud viene del juego de canicas, de la palabra chiras-pelas. Hubo un cambio de chiras a chiro, así se estuvo manejando un tiempo. Después la juventud la modificó a chido, y logró acuerparse el concepto y la palabra—. —Suena lógico, Vargas— dijo Luciano. —Claro, la juventud se impone. Si la juventud dice pelo largo, eso se dice: pelo largo. En este caso, la palabra chiro transitó a chido; fue un matiz, pero rápido se extendió en el Distrito Federal por todos los barrios; hasta jóvenes de clase alta la dicen, y se extendió en todo el país. La literatura soterrada la tomó en sus cuentos y novelas, y probablemente ya hasta está traducida en otras lenguas—. —¿Cómo sonará esta palabra en otros idiomas?— dijo Cano —Yo tengo tentación por saber cómo suena esta palabra y con qué vocablo la traducen—. —Sería interesante— le contesté a Luciano.

La Puercota, que en paz descanse, echaba competencias con Luciano de a ver quién se moría primero. La Puercota le decía a Luciano: *—Te va a llevar la chingada este año. Mira nomás qué carita tienes; ándale chíngate otra marranilla para que te lleve más rápido la chingada—.* Luciano contestaba: *—A ti te va a llevar más rápido la chingada, por la grasa que traes; pesas como doscientos kilos de cagada—.* Así se la llevaban este par de cabrones que hicieron buena amistad, porque Luciano iba a comerse las quesadillas que hacía la Puercota, y se ponían a echar desmadre. En unos cuantos días la Puercota bajó como cien kilos, el pescuezo nomás le colgaba y los cueros. Cuando la Puercota no tenía gente llamaba a Luciano a cotorrear, echaban desmadre y después de unas horas Luciano se aburría y regresaba a la tienda. La Puercota no le invitaba cerveza a Luciano porque no le paraba el hocico en todo el día y le corría a los clientes, así que le invitaba refrescos, sopes y gorditas. Luciano no era de pleito, pero cómo platicaba cuando estaba pedo. En la tienda, cuando rebasaba los medios chiles, yo le decía que se metiera a la bodega a empedarse hasta que se hartara y se quedaba dormido; ya cuando despertaba se la curaba con alcohol del 96 con hojas de naranjo, era maravillosa esa bebida, porque inmediatamente empezaba a sentirse mejor y en dos o tres días se recuperaba.

Un día, Luciano me preguntó: —*Oye Vargas, ¿qué es el Jilote?*—. Le contesté: —*¿A poco no sabes? Es un elotito tierno, donde se va formando el maíz. Se forma una mazorca y se seca la planta, y ya se cosecha. Luego se desgrana y ya está; maíz en grano para el nixtamal y hacer la tortilla. En México, el alimento fundamental para la gente pobre es el maíz, los frijoles y el chile; habiendo estos tres, en una familia campesina hay felicidad, sobre todo cuando son tierras temporales.*

LOS HERMANOS Betancourt organizaban encuentros de narrativa y poesía en provincia. En estos encuentros se leía lo que uno quisiera; eran democráticos y venían escritores de todos los estados. Intercambiábamos revistas y libros y material para publicar. El encuentro en San Luis Potosí tuvo mucha relevancia, y nosotros participamos; sólo pagamos nuestro pasaje, y el hospedaje y la comida lo pagaban las autoridades de cultura en los municipios. El encuentro duró tres días. Esos días fueron de pura peda. Luciano andaba encantado, en su mero punto. El primer día bebimos como caballos, ya después sólo tomé cerveza; estuve tranquilo, aunque los amigos se pusieran hasta el culo.

Un día antes de que terminara el encuentro, Luciano y yo nos dimos tiempo para ir a ver putas. Había unas muy buenas, pero estábamos aterrados por el SIDA; no llevamos condones y nos quedamos con las ganas de cogernos a una potosina. Nos regresamos a encerrar al cuarto del hotel, donde había una fiesta; éramos como 25 en la habitación. Había dos músicos, uno tocaba la guitarra y el otro la armónica. Empezaron a tocar blues, y al calor de las copas empezamos a improvisar letras. A las 4:00 de la mañana paramos el reventón porque teníamos que levantarnos a las 8:00 para ir a almorzar, porque la lectura empezaba a las 9:00. En San Luis Potosí nos desembocamos en una borrachera brutal. La cerveza corría por nuestros gañotes. A mí me dio una crisis de esquizofrenia y me regresé a Nezahualcóyotl, por las alucinaciones que tenía. Me dio fiebre en el camino; hacía calor y yo tenía frío, no me quité la chamarra. Llegamos a la terminal. Tomé un taxi hasta mi casa. Llegué anocheciendo, me tomé dos pastillas para dormir. Caí como tabla. Al otro día desperté a las 9:00 de la mañana. Luciano se quedó chupando en San Luis Potosí, esperando que terminara el encuentro. Yo dejé de alucinar con los medicamentos de la esquizofrenia. A los tres días, Luciano regresó. Me trajo un bulto con varias revistas y libros, había hecho cambalache por la revista Desmadre. Venía muy crudo, pero estaba tan hastiado de vino que no quiso tomar más para curársela.

En un encuentro de Aguascalientes, la primera tarde que se empezó a leer, me apunté para la primera ronda. La lista estaba larga, cuando me tocó pasé a la tribuna y me puse a leer un cuento erótico-porno. Estaba leyendo sobre mi pito reglamentario cuando un grupo de señoras me empezaron a gritar *cochino*, y tuve que suspender la lectura, aunque la mayoría del público gritaba que siguiera; me bajé y me fui a chupar con Luciano. Al otro día, para mi sorpresa, en la Casa de la Cultura me hicieron un homenaje que se llamó "17 segundos por una lectura asesinada", que apareció publicada en los diarios. Nos pusimos a inflar en plena Casa de Cultura. El día que me regresé se comentaba que me había llevado el encuentro; yo me hacía pendejo, como que no oía. Al mes del encuentro salió una revista, que versaba sobre el encuentro y en su editorial me la dedicaban. Me gustó mucho, estaba encantado, y esa euforia me duró cerca de un año; después me tuve que conformar con publicar en nuestra revista Desmadre, ahí si me daba vuelo escribiendo lo que se me daba la gana. El problema de la libertad es que se deje expresar al escritor lo que le plazca; prefiero el libertinaje que la censura. El caso más destacado del milenio anterior es el del Marqués de Sade, que escribió todo lo que quiso. Aunque físicamente estuvo reprimido y encarcelado, fue fiel a su ficción y ahora sus libros circulan por todas las librerías de todo el mundo.

Durante el encuentro se leyó en varias plazas, se vendieron libros y revistas de editoriales alternativas. Al final se intercambiaron libros y revistas con la idea de publicar estos materiales en provincia. Nuestro grupito de Desmadre apareció publicado en Oaxaca. Esto puso feliz a Luciano, y se puso una borrachera de quince días; cuando le paró, estaba hinchado de la cara y tenía los ojos boludos. Yo me ponía unas borracherotas poca madre, pero ya en la noche. Un rato y despúes le paraba. Pasaban varios meses. De hecho, casi dejé el alcohol porque me perdía, tenía que consultar un psiquiatra. Digo casi, porque en algún brindis o fiesta me tomo una o dos copitas y a veces me he llegado a empedar.

CUANDO pusimos la tienda en Chalco nos acompañó Luciano, cargando la maquinita Olivetti. Cerrábamos a las 9:00 de la noche. En los charcos de las calles empezaban a croar las ranas. Al mes de habernos instalado en esa ciudad perdida hice contactos con señoras y muchachas, y nos poníamos unas pedas regulares. Empecé a reflexionar sobre si dejaba de tomar, porque aparte de las crudas de hasta cinco días, la bebida me empezaba a hacer un daño terrible. En Chalco hice las primeras pruebas de meter mujeres a la tienda y no embriagarme; empedaba a las señoras que entraban a beber con nosotros. Me tomaba hasta cinco cocas mientras ellas se ponían hasta el *full*; luego pasaba a la fase de calentarlas para que prestaran el culo.

Un día metí a tres mujeres y le dije a Luciano: —*No te vayas a emborrachar, para cogernos a las tres*—. —*¿Ni una Caguama?*— dijo. Le dije: —*No, nada, porque luego te picas, y ya bien pedo ni la verga se te para. Ya cuando se vayan te tomas unas cervezas*—. Les presenté a Luciano. Luciano se tomaba un refresco Jarrito de tamarindo y yo una Coca-Cola bien fría. Al principio ellas insistían en que tomáramos, y cuando les dijimos que estábamos jurados dejaron de insistir y se entregaron al placer de la tomadera; estaban risa y risa. Les calculaba 27 a 28 años las tres. Nos dijeron que todavía no tenían niños, que les gustaba la diversión y aventurillas sexuales. —*A nosotros también nos encanta*— contestó Luciano, y soltamos la carcajada. Dejamos que agarraran su ritmo. Ya cuando estaban medio encendidas por las cervezas les empecé a agarrar las tetas a las tres. Luciano y yo nos pusimos condones de sabores. Primero le daba de mamar a una y luego a otra, y Luciano atrás de mí les daba su repasada. Luego las desnudamos. Tendí una colchoneta grande y ahí las pusimos a cuatro patas; pasaba yo y luego Luciano.

Le dije a Luciano: —*Es mejor esto que chupar, ¿verdad?*—. Y Luciano me dijo: —*Tienes razón, pinche Vargas. Pero el vicio es el vicio*—. Luego de darles entre los dos, me agarré a la más buena, tenía una trompa maravillosa. Cuando ya me había mamado la verga hasta el cansancio le empecé a tallar el clítoris. Así estuve un cuarto de hora. Ella empezó a venirse, se apoyó en la pared, se sentó en mi verga y comenzó a moverse a todo vapor. Luciano dejaba que una le mamara la verga, mientras dedeaba y le chupaba las tetas a la otra. Las chavas hacían recesos, daban unos tragos de cerveza y luego continuaban. Luciano no se aguantó las ganas de chupar y ya estaba chupando coronitas, brindando con las chavas; se le bajaba la verga, se lo volvían a mamar y se le volvía a enderezar. Las viejas le decían: —*No te vayas a venir*—. Nada más de ver qué buenas mamadas le daban a Luciano se me volvió a parar a mí. Llamé a una de las que estaban con Luciano y le dije: —*A ver, mámame los güevos*—. Y le dije a la otra: —*Tú mámamelo de lado, para que no se estorben*—. Ahí tenía al par de cabronas. Después de trabajar un rato en esa postura me propusieron descansar. Las dejé que se tomaran otras cervezas.

Estaban pedonas y una de ellas dijo: —*Yo voy a hablar por las tres. Seguimos dándoles placer, pero nos dan $600 a cada una*—. Les dije: —*¿Por qué tan caro, muchachas? Les voy a dar $500 a cada una y todo lo que se chupen, y una despensa para que coman unos tres o cuatro días. Por lo pronto vamos a brindar*—. Levantaron sus cervezas y las chocamos porque estuvieron de acuerdo. Yo tenía la verga parada y a cada rato me la acariciaban para que no se me bajara. Saqué el dinero del pantalón y les di sus quinientos pesos a cada una para que se pusieran contentas y se esmeraran. Les dije: —*Mi pito también quiere beber. A ver, denle en un vaso*—. La sumergían, desde la mollera hasta llegar a la mitad, y luego una la chupaba y después chupaba la otra. Mi miembro ya se sentía pedo, porque como hacía calor y la cerveza estaba tibia; no se me bajaba, estaba optimista, rebosante. Yo bebía a pausas mi refresco, estaba sentado en una silla alta, y ellas traían una diversión a toda madre. Les comuniqué que mi pito ya estaba briago, hasta que se cansaron de las quijadas y las puse de a cañón y las penetré. Primero a una y después a la otra. Palenqueé un rato y contemplaba las cuatro nalgotas, y me inspiraba unos versos que improvisé. Una lo tenía adentro y a la otra la dedeaba con el dedo gordo de la mano, luego cambiaba de zorra y hacía el mismo procedimiento, bufaban como burras.

Había chicharrón y guacamole. Luciano calentó tortillas, empezamos a taquear, cenamos a gusto agotados de tanto coger; nos quedamos con hambre. Abrimos un pan integral Bimbo, hicimos sanwiches con chicharrón, queso, crema y guacamole. Quedamos satisfechos. No hacía ni calor ni frío, porque estábamos desnudos y seguimos tomando hasta la 1:00 de la mañana. Las muchachas ya se querían ir. Vivían cerca, las acompañamos hasta sus casas. Las calles no estaban pavimentadas, el drenaje apenas lo estaban metiendo, había luz y agua, había charcos, grandes manchas de agua por las calles, había ranas y estaban croando.

La tienda estaba bien surtida, vendíamos muy bien. Teníamos clientes que vivían varias cuadras retiradas. Vendíamos de todo, como en las tiendas de provincia; vinos y licores, cremería, abarrotes, productos de farmacia y perfumería, chiles secos y una gran variedad de cosas. Se trabajaba sin permisos, ya que apenas se estaba construyendo el Palacio Municipal y los asuntos se arreglaban en Chalco, así que no pagábamos impuestos. Era una buena oportunidad para hacer dinero, aunque había muchos ladrones y mucho pandillerísmo en esa zona.

Cerca de la tienda había una casa en la que se reunían más de cien pandilleros que le metían a todas las drogas y se dedicaban a robar. Tarde que temprano íbamos a tener problemas con estos bandoleros. Robaban a los camiones de refresco, a los camiones de pasajeros, cualquier cosa de valor. Por esos rumbos no puedes cargar cosas de valor: un reloj, una esclava o una cadena, hasta los zapatos te quitaban si los veían nuevos. Estos jóvenes andaban descuidados y mugrosos por las polvaredas. La casa donde se reunían estaba abandonada y la tomaron para reunirse.

Tras cerrar salimos a caminar a ver qué encontrábamos, alguna taquería o donde vendieran quesadillas. También lo hacíamos con el fin de ver si había algunas zorritas en estos negocios. Efectivamente, en una calle encontramos una casita de plástico sobre la banqueta de la calle. Vendían quesadillas. Había dos muchachas buenísimas. Estaban fresquecitas, recién bañaditas, todavía con su pelo húmedo. Le dije a Luciano: —*Mira, ¿cómo las ves? Están dulcísimas*—. Nos quedamos a cenar ahí. Pedimos dos cocas. Intentamos platicar con ellas, pero apenas y contestaron. Nos prepararon unas gorditas de chicharrón. Estábamos hambrientos y comimos rápido; pedimos otros dos refrescos y fumamos unos cigarros, dos cada quien. Platicamos un ratito de poesía y nos fuimos. Caminamos por las calles oscuras. —*¿Cómo viste a las chavas de las quesadillas?*— le pregunté a Luciano. Me dijo: —*Están de poca madre. Hay que venir más seguido a comer y ganarse la confianza*—. —*De acuerdo, Luciano. Mañana venimos a cenar, al fin que dan barato. Nos traemos un palo porque hay perros a lo hijo de la chingada, y algunos son bien bravos*—. Las muchachas tenían como dieciocho o veinte años, eran rubias y altas. Si las hubiera visto en la Ciudad de México hubiera pensado que eran europeas. Tenían caritas de angelitos, unas tetas regulares, delgadas, de unas nalgas espeluznantes, pantorrillas bien formadas. Estas beldades encontrábamos en ciudades perdidas como Valle de Chalco. Llegamos a la tienda. Me senté en la cama. Luciano tendió una colchoneta y puso a calentar agua para tomarnos un Nescafé. —*Están encantadoras las chamacas, Luciano. Hay que irlas amansando poco a poco. Nos les vamos metiendo, y ya cuando quieran zafarse ya las tenemos bien penetradas. Deben ser hermanas, porque se parecen, y casi son de la misma estatura. Y con esos pantalones de mezclilla se veían bellísimas*—. —*A mí déjame a la que traía los labios pintados de rojo, es infinitamente hermosa*— le dije a Luciano.—*A mí déjame a la que quieras*— dijo Luciano mientras se rascaba los güevos.

Estuvimos cotorreando de mujeres hasta altas horas de la noche. Le decía a Luciano que en Valle de Chalco había varios puteros. —*Así como ves aquí de jodido, que no está pavimentado y que apenas están metiendo el drenaje, hay unos puteros donde hay mujeres bellísimas que trabajan de putitas. Nada más que en estos antros reina la ley de la selva, no entra la policía; por eso hay que saber moverse y andar consciente, andar armado. Buscar a la puta que te vas a coger. Pero vale la pena, porque son barateras, porque la gente está jodida. Hay que ir un lunes o martes, porque estos días no hay movimiento de dinero. Así agarramos a las mejores a buen precio. Nos tomamos unas cuantas cervezas aquí para ya irnos picados y nos tomamos unas allá para fraternizar con las chavalas, escoger una para cada quien, bailar un rato raspadito; les pagamos más para que se dejen manosear. Por bailar cobran $10, les damos $50 y con eso caen redonditas. Si es posible, les adelantamos cuatro piezas y les* *invitamos unas cervezas, inmediatamente se entusiasman y piensan: "Estos cabrones traen lana". Claro, no hay que empedarse, porque te roban o se van a buscar otro cliente que pague más. Así es a grosso modo el mundo de los puteros aquí en Valle de Chalco.*

Hace unos años el Gobierno comenzó a poner banquetas de cemento; por esas fechas nos cambiamos. No había luz ni agua, ahora ya están metiendo drenaje y vivimos más a gusto. Los moradores hicieron calles con canales cuesta abajo a la carretera federal; se iba el agua por las cunetas. Venían pipas a vender agua y la daban cara, la luz nos la robábamos; entró Luz y Fuerza, puso postes y cableado. Ahora todo mundo paga la luz y todas las casas están iluminadas.

LUCIANO, que había ido a la casa de su mamá, regresó bañadito y con ropa limpia. Venía preparado para ver a las muchachas de las quesadillas; quería tomarse unas cervezas para darse valor. Le sugerí que no fuera pendejo, que si nos veían pedos no nos iban a hacer caso. Mejor nos chingamos unos cafezazos y los combinamos con Coca-Cola. Serían las 9:00 de la noche cuando llegamos.

—*Buenas noches*— saludamos. —*Buenas noches*— contestaron. Luciano pidió dos quesadillas de queso y dos de hongos. Yo pedí lo mismo. —*¿De dónde son?*— les pregunté. La muchacha de los labios pintados dijo: —*Nacimos en el D.F., y nuestros padres son de Sinaloa*—. En mi chamarra llevaba chocolates Carlos V y les regalé uno a cada una; la de los labios pintados se dio cuenta que le estaba aventando el anzuelo. —*¿Entonces, son de familia norteña?*— preguntó Luciano —*Con razón son muy bellas*—. —*Sí*— dijeron, y poco a poco se les fue quitando lo hermético. Dijeron que sus papás se cansaron de pagar la renta del departamento en el que vivían, por eso compraron un terreno en Valle de Chalco, donde ahora vivían. La chamaca de los labios pintados era la más platicadora; la otra era más seria. Llegaban clientes, los atendían rápido y seguíamos platicando. —*Bueno. Ya cenamos a todo dar. Ya nos vamos*—. Nos tomamos el último trago de refresco y nos despedimos de mano. Todavía no nos tenían confianza, pero se estuvieron riendo con nuestra charla. Luciano iba por la calle que no le cabía un dedo en el culo de gusto. Con lo poco que platicó, se voló. Le dije: —*Luciano, más vale que te escondas cuando andes briago, porque si te ven borracho te van a mandar derechito a la chingada*—. —*Sí*— dijo Cano. —*Cuando ande enfermo, no me les voy a aparecer por aquí. No me lo vas a creer Vargas, pero ahorita que les estaba viendo las piernas, tuve una erección encabronadísima, estuve a punto de irme en seco*—. —*Estás sobrado, Cano. De perdida hazte una chaqueta a la salud de las chamacas. Yo no pierdo la esperanza de aventarles unos asaltos carnales. Mañana venimos otra vez para que nos vean más seguido y nos tengan más confianza. Yo tengo ganas de que vayamos al burdel que te platiqué para que veas qué bellezas te encuentras en estos terregales.*

Al día siguiente pasamos a cenar con las chamacas. Leticia, que así se llamaba la de los labios pintados, tenía 19 años, y Joaquina, 18. Las cosas marchaban bien. Poco a poco se iban abriendo, y nosotros estábamos como perros detrás de ellas. Luciano dijo: —*¿Qué no vamos a ir al putero que me dijiste?*—. —*Sí*— le contesté —*Nada más pasamos a la tienda a lavarnos el hocico, y de ahí nos vamos. Está como a un kilómetro*—. Nos despedimos de a besito de las muchachas y nos fuimos. Íbamos caminando por las calles polvosas. Había varios perros, y algunos se nos aventaban queriéndonos morder; llevábamos un montón de piedras para pegarles a los más bravos.

Por fin llegamos al Putero. No tenía nombre. Se escuchaba un grupo musical que hacía ambiente. Era un terreno grande y lo tapaba una lona, las mesas y sillas eran de la cervecería Sol. Había un templete para el grupo musical y una pista grande con piso de cemento para la bailada, lo demás era pura tierra. Había lámparas con luz normal y se veían perfectamente a las muchachas; había como 40 putas. Nos sentamos, sólo se servía cerveza Sol. Pedí dos cervezas y le dije a la mesera: —*Llama a dos chavas*—. Llegaron las más buenas, con su minifalda que les llegaba hasta el fundillo. Todavía no nos servían la cerveza cuando Luciano inmediatamente la empezó a agarrar en frío y la chavala lo rechazó. Le dije a la putita: —*Déjate agarrar*—. Y le di un billete de $100, y también le di uno a la que estaba conmigo. —*Eres bien lindo*— me dijo —*Si quieres, agárrame*—. Me mostró las chiches. Le di unas ligeras pasadas y le dije:

—Estás muy buena. Las tienes duras y tienes unas piernas muy buenas—. Luciano estaba beso y beso; a la puta no le interesaba que Luciano estuviera chimuelo. Como nos estaban fichando, las chavas tomaban a toda prisa, Luciano siguió el mismo paso; yo, por el contrario, tomaba lento. Después de un rato, cuando ya las muchachas estaban alacranadas, pensé que había que invitarlas a la tienda antes de que se embrutezcan por el alcohol. Les hice la propuesta de que les daba quinientos pesos a cada una para que fuéramos a la tienda a seguir chupando y un acostón. Quisieron resistirse, pero les enseñé un fajo de billetes y nada más les brillaron los ojitos. Le di doscientos pesos al encargado para que las dejara salir; agarró el billete, se lo echó a la bolsa y se quedó bien contento.

Cuando salimos a la calle, les dije: *—Está aquí cerquita, a unas cuantas cuadras—*. Caminamos. Luciano venía beso y beso con la chava. Les señalé un foco y les dije: *—Allá está la tienda—*. Se aplomaron, venían caminando sin alocarse, traían paso firme; más bien Luciano era el que se venía yendo de lado. Llegamos a la tienda y pasamos a la bodega, que olía a pino y a mercadería. Tendí dos colchonetas. *—Qué original eres —* dijo Talía, así era el nombre artístico de esta puta. Virginia, que era el nombre artístico de la otra chava, fajaba con Luciano. Saqué una caja de cervezas Modelo de bote y les dije: *—Ahí agarren—*. Estábamos sin zapatos y acostados boca arriba. Virginia también era bellísima, trigueña. Luciano ya le estaba mamando las chiches y ella no chistaba. Conecté la grabadora y puse cumbia colombiana, saqué una botana de jamón y queso amarillo, queso de puerco y queso blanco, partido en trocitos, y lo comíamos con palillos; las muchachas estaban felices.

Luciano y Virginia estaban fajándose aceleradamente. Se levantaron y se fueron a la cama; Luciano la puso de a perrito y se la dejó ir. Virginia se movía como molinillo; se aventaron como veinte minutos cogiendo. Estaban sudando, totalmente desnudos, y tomaban cerveza. Luciano ya bien borracho decía: *—Que buena cogida nos dimos. Hasta pelos dejamos en la cama. Esto es el cielo, Vargas—*. Gritaba ahogado de borracho. Luciano y Virginia se quedaron dormidos. Mientras tanto, yo le quitaba espinillas a Talía, que me gritaba que no lo hiciera tan fuerte. Talía me platicaba que era originaria de Morelos, que se la trajeron sus padreas a los 8 años. La desnudé y la puse a modelar arriba de la colchoneta. Le dije que se sentara a mi lado, yo también estaba desnudo. Le empecé a dar un masaje con crema Nivea por todo el cuerpo. Le metí el dedo en la vagina y encontré el clítoris, se lo estuve tallando hasta que se empezó a quejar, le seguí tallando y se vino a chorros que parecía que se estaba orinando. Me recargué en la pared y ella de espaldas se sentó en mi verga. Se movía como rehilete. Se cansó de esta pose y me acostó en la colchoneta, me empezó a besar cuello para abajo hasta llegar a los huevos. Me decía: —*Así papi, síguele*—. Mientras, yo le acariciaba sus tetas, cuello y mejillas, y veía cómo sus labios gruesos se expandían al tragar toda mi cabeza. —*Mámale Talía, mámale Talía, así, así*— y le empecé a dar un masaje para que no se cansara. De repente lo chupaba y se lo raspaba en sus pezones, y así le fui raspando por todo su estómago, luego en su ombligo, y ahí se lo metí. La puse de a palito ensebado, acostado en la colchoneta, y se lo dejé ir. La puse de a perrito, me amacisé de sus tetas y le palanqueaba duro. Le veía el canal de la espalda que le salía de las nalgas y le llegaba hasta la nuca. Talía gritaba de placer. Clarito sentí que se empezó a venir, con unos suaves quejiditos. Después le bajé el ritmo y le estuve limando a baja intensidad. Se lo saqué despacito, y que se lo sambutí por el recto. Talía tiró un fuerte pujido.

Se quedaron ahí con nosotros porque vivían lejos y tenían miedo de que las fueran a robar o a violar, y a nosotros nos convino porque les dimos otra cogida. Por la mañana nos echamos un baño y les pagué, les di una despensa de latas y varios productos. Las atendí bien para que regresaran. Luciano siguió la peda unos quince días hasta que se fue a casa de su mamá. Por allá se iba a una pulquería en la colonia Escandón. Tomaba de la bebida más barata, que le ponía unas madrizas a su salud. Cuando regresó a Valle de Chalco estaba tembloroso, a la semana se repuso. Me preguntó por las putas: —*¿No han venido las muchachas, Vargas?*—. —*No*— le conteste. Ese día cerré temprano porque tenía una cita con el editor, que me iba publicar mi primer libro.

A LUCIANO no le gustaba alburear. Yo no soy alburero, pero sí soy chingaquedito. Cuando empezaba a ponerle apodos, Luciano se enojaba; cuando no tomaba tenía buen humor y caía bien, pero ya pedo decía muchas incoherencias. Es mejor estar con unas muchachas y bebiendo despacio en lo que te la culeas y ya después te puedes poner todo botago. La borrachera te desinhibe, te hace confianzudo y cínico, y lo mismo hablas con alegría o te pones a llorar, a algunos les da por pelear o cometer imprudencias. Con el pedo hasta a los más serios les da risa, y no hay quien los frene, porque cómo hablan los cabrones borrachos. Muchas veces, cuando el alcohol está trepado, salen ocurrencias geniales o salen las pendejadas más grandes. Cuando tomas seguido te dan unas crudas de su puta madre, que tardan tres o cuatro días. A mí me duran hasta una semana; me la paso sin poder comer, comiendo pura comida chatarra, y me deprimo de la chingada. Prácticamente ya dejé de beber.

Es a toda madre tomar café de grano. Éste provoca la plática. Te pone muy lúcido. Un buen café, con dos tasas tienes, y si te quieres atascar te tomas tres o cuatro, y ya con eso sales todo acelerado. Yo, con dos o tres tazas he escrito algunos de mis libros, y otros tantos poemas. Cuando voy a alguna cafetería con amigos o amigas estamos tres o cuatro horas. Para que te atiendan bien las muchachas que sirven, debes aplomarte con una buena propina. El café se baja con agua natural. En tiempo de calor cae muy bien un café acompañado con un vaso de agua fría.

Recuerdo cómo disfrutaba mis cigarritos. Fumaba más de una cajetilla al día, pero ya me estaba haciendo daño y lo mandé a chingar a su madre. Escupía flemas a toda hora, era molesto y asqueroso; aventaba los escupitajos hasta en el Metro porque ni modo de comérselos, se sentía de la chingada. Luego el asco que les causaba a mis amigos y amigas, no se diga cuando andaba acompañado de unas muchachas bonitas; había que ir muy seguido al baño para aventar la bola de gargajos; luego estaba uno a media charla con mujeres y el clásico gargajo en el gañote molestando. Un día andaba renegando del cigarro y fui a una farmacia. Le pregunté al encargado si tenía un remedio para dejar de fumar. Se me quedó viendo enfurecido y me dijo: —*Lo que necesita usted son güevos*—. Me retiré como perro regañado con la cola entre las patas y me fui pensando, este viejo cabrón tiene razón. Como a los dos meses este señor murió, y fue de los pulmones, por la fumadera. Me dio miedo. Estuve con muchas ganas de dejar de fumar hasta que después de tanto intentar dejar este vicio compré un costal de naranjas. Las pelaba con las uñas y cada que me llegaban las ganas de fumar me comía una; así estuve tragando naranjas tres meses. Se acabó la temporada y yo seguí tragando naranjas; ya más caras porque empezaban a escasear. Poco a poco me fui olvidando del cigarro. El primer mes todo el tiempo tuve ganas de fumar. De repente veía a alguien fumando y se me antojaba, pero me comía una naranja. Cuando dejé de fumar, me dio por comer más y subí unos kilos. Hay muchas bromas sobre dejar de fumar, como que hay que comerse una caja de huevos de gallina. Yo no me comí una caja de güevos, pero si naranjas; esto se lo he recomendado a varios amigos, y a algunos les ha funcionado. Ya no ando escupe y escupe, me quedó una tos seca, me agarra por la noche, pero me tomo un jarro de agua y se me quita.

A los 50 años aparecen muchas enfermedades o achaques. A mí la que más me trae pendejo es la gastritis. Pero no me cuidaba. Me tomaba como 15 Coca-Colas al día y café. Tuve que dejar la Coca-Cola, el café, el picante, y en general todo. Lo que no me gustó fue que tuve que dejar el café, porque con éste me ponía a escribir. Fue una desgracia, pero es que ya no resistí. Sí no tomo medicamento me dan ardores terribles. Casi siempre he tomado medicamentos y remedios, no me he podido componer. Todavía me he tumbado a varias chavas de 20 años y hace poco me tumbé a una culona de 45.

TENGO YA VARIOS AÑOS en la literatura, y me ha dado buenos fundillos. Una vez en un encuentro literario me hicieron rueda un grupo de muchachas. Les invité unos tragos y al calor de la peda algunas se retiraron y sólo quedaron dos; nos empezamos a besar y les propuse que fuéramos a un hotel y ellas dijeron que sí. Las llevé al hotel Colonial, cerca de Pino Suárez. En la planta baja había un restaurante. Pagamos un cuarto con doble cama y bajamos al restaurante, cenamos, platicamos y tomamos cerveza, y antes de subir le pregunté a la mesera que si tenía alguna botella y compré un tequila de a litro, y tres caballitos, que me los dio a precio de oro. Les propuse que me pusieran un condón. Mientras una me la chaqueteaba la otra me daba unas ligeras mordidas. Le dije a la que me masturbaba: *—Mámamela—* obedeció *—Mámale más rudo, para que pase la potencia de tu boca a través del condón—*. Siguió la orientación que le di. Estaba bufando como toro de placer. La que me mamaba me apretó la verga para que no eyaculara.

Les quité la ropa con calma. Luego las puse a cuatro patas en la cama. Al mismo tiempo las penetré con los dedos gordos de las manos. Después de veinte minutos o más, se empezaron a quejar, y esto me dio más ánimo. Les había metido los cuatro dedos. Fue tan intensa la limada que se empezaron a aventar gritos de placer y se venían a chorros. Dejé descansar a las muchachas. Una sabía tocar la armónica y empezó a tocar un *blues*. Mi pito estaba feliz, siempre se ha creído poeta, y empezó a improvisar un poema. No me cansaba de mamarles sus tetas. Sus rostros daban un aspecto de bellezas árabes. Tomamos otro tequila más y nos quedamos dormidos. Aunque había otra cama, preferimos dormir juntos. Despertamos a las 11:00 de la mañana del día siguiente. Bajé por unos Boing de mango de a litro de cartón, y nos empezamos a curar la resaca. Nos metimos a bañar. Las chavas ya no quisieron coger. Estábamos a risa y risa. Nos vestimos y bajamos a almorzar, y nos comimos un menudo picante con refresco.

LUCIANO REGRESÓ después de veinte días de andar bebiendo. Estaba hinchado y tembloroso. Su cuerpo ya rechazaba el alcohol. Cuando estaba así de madreado le daba de comer y unas pastillas para dormir, y en una semana ya se empezaba a recuperar. Dormía mucho, y cuando estaba despierto me ayudaba a limpiar la tienda, a arreglar la mercancía y a recoger la basura. Yo me ponía a mano y le daba de comer lo que quería. Porque no soy un miserable, y me gusta compartir aunque sea la mitad de una tortilla. Con las mujeres me he gastado más de lo que tengo. Estoy jodido, pero no muriéndome de hambre. Ahora tengo más gastos, pero todavía a mis 54 años me tumbo los culitos que me caen. Escojo a los culitos que me voy a coger, ya no estoy para desperdiciar; además me cuestan.

Les aconsejo a los garañones, que hay que usar condón. Por un palito aventurero no se lo vaya a llevar a uno la chingada, como decía don Carmelo, un dulcero que le encantaba el desmadre. Un día lo encontré y le dije: —*Te ves muy bien, Carmelo. No te aviejas nada. Los años no pasan por ti*—. Me contestó: —*La pudrición está por dentro*—. Este señor predijo su muerte. Como a las cinco semanas se murió. Intuyó que se lo iba a llevar la chingada. Lástima, era una buena persona. Me iba a platicar con él a un puesto en un mercado; me contaba chistes picantes que me hacían reír a carcajadas. También iba a verles el culo a sus clientes.

CUANDO REGRESÓ Luciano fuimos a ver a las muchachas de las quesadillas. Ya tenían un plástico que las cubría del sol, del polvo y del frío. Las saludamos de a besito en la mejilla. —*¿Qué milagro?*— dijo Leticia. Luciano dijo que se había ido a Veracruz a ver a un amigo, y que aprovechó para ir a la playa. Nos gustaba ir a ver a estos culitos como a las 9:30 de la noche, porque a esa hora ya no tenían muchos clientes y podíamos platicar hasta que levantaban el puesto. Ya nos tenían más confianza y las acompañamos a su casa. Les conté que tenía una tienda, que estaba a unas cuadras, que las invitaba para que fueran a conocerla. Ellas dijeron que sí, pero que otro día, a una hora temprana, antes de poner su puesto, a la 1:00 de la tarde; ya para ese entonces habían hecho las compras para las quesadillas, sopes y tostadas.

Cada vez nos tenían más confianza, al grado tal que empezaron a ir a la tienda, y me empezaron a comprar queso. Las estaba trabajando. Un tiempo más y ya se tomaban refrescos, comían papitas, dulces y chocolates. Les preparaba tortas de jamón de pierna con crema, queso de puerco y amarillo, al estilo cubano. Ya nos dábamos confiancitas, les agarraba la cintura y las mejillas; y a veces me pedían prestado el mandado. Les compré unos vestidos que les quedaban bien entalladitos, se veían bellísimas. Luciano la empezó a regar. Empezó a chupar. Aunque las chavalas no se sacaban de onda, este cabrón se empezó a acelerar, se emborrachaba sin control. Tomaba la palabra y no la soltaba. Las chavas nos estimaban, y yo ya me fajaba a Leticia, pero las cosas empezaron a cambiar de curso porque Joaquina también empezó a fajar conmigo y rechazó de manera definitiva a Luciano.

Un día que estaba solo, las muchachas llegaron como las 10:00 de la mañana. Les invité unas viñas y se prendieron. Me dijeron que bajara la cortina. Nos pasamos a la bodega y empecé a besarlas y a meterles la mano. Sus cuerpos eran perfectos. Tenían pieles frescas. Empecé a lamerles los dedos de los pies. Las acosté y empecé a limarles el clítoris. Estaban tan calientes que empezaron a orgasmearse. Los dedos de las manos juegan un papel fundamental. Las dos bufaban como potrancas. Me daban ganas de mamarles la zorra, pero no hay que confiar en los ángeles, pueden tener SIDA. Eran un manjar más valioso que el oro, pura miel: Leticia me lamía los güevos y Joaquina la verga. El tiempo no existía. Después de un descanso las empiné a las dos. Se lo enterré a una y después a la otra. Se vino una y se vino la otra, y me vine yo. Quedamos satisfechos. Nos quedamos dormidos en la colchoneta. Despertamos a las 4:00 de la tarde. No nos dio cruda. Se tomaron unas naranjadas. Les di una buena despensa y se fueron a abrir su puesto.

Cuando le platiqué a Luciano, se quiso encabronar y me dijo: —*Tú te las quieres coger a todas, Vargas*—. Yo le dije: —*Te veían bien pedo, diciendo puras incoherencias, y eso no les gusta a las mujeres. Te dije que te escondieras cuando chuparas. Además, hay muchas mujeres*—. Si no quiere una, otra y otra, hasta que caiga una o más. —*Sí, Vargas*— dijo Luciano —*Ya traes bien controladas a las dos. Hay que reconocer que están de poca madre. Sólo tú la gozas, pinche Vargas*—. —*Son dos buenos fundillos, Luciano. Pero no te preocupes, otro día a ver si vamos al Burro, donde sacamos a las putas del otro día.*

LUCIANO PASABA mucho tiempo escribiendo y corrigiendo sus poemas. Publicó en muchos periódicos de Neza, periódicos amarillistas y chayoteros, que aparecían de vez en cuando; otros sacaban dos o tres números y desaparecían. Luciano se veía forzado a publicar en estos periódicos marginales. Yo empecé a escribir en revistas porno. Me encantaba aparecer en estas revistas dirigidas a los jóvenes chaqueteros; aparecí en muchos números de La Cachorra, Lecturas para el WC y en la revista Guau. Me gustaba publicar ahí porque te leen albañiles, taxistas y el pueblo en general. Cuando uno trabaja duro se disfrutan más las victorias. A veces las realizaciones no son totales, son parciales o por tiempos cortos o largos. Cuando uno escribe disfruta de su primera publicación. Yo disfruté mucho la mía, no obstante no haber recibido paga. Fui completamente feliz.

Las escasas veces que me han entrevistado, ha sido insaciable mi placer: La primera entrevista que me hicieron salió en el Universal. Me entrevistó Juan Cervera, poeta que no le han hecho justicia porque no anda de lameculos; digno y no ha estado en ninguna mafia literaria, vive de su trabajo de periodista cultural y tiene muchos libros publicados en publicaciones marginales; y ha tenido el mismo problema de todos los soterrados, no circulan sus libros en las principales librerías. Juan Cervera, de origen español y nacionalizado mexicano, es una especie de anarquista que critica a los escritores burócratas. Desde estas páginas le mando un saludo güevudo y pituro. El tiempo lo rescatará. Por eso los poetas no mueren. Juan Cervera hace poesía con métrica. Sus poemas están de poca madre. No le gusta escribir leperadas, pero respeta a los que escriben como yo. Hace tiempo que no veo a este cabrón, que cada vez que lo encuentro, me dice: —*¿No que ya te habías muerto?*—. Le contesto: —*Ya cierra tu granero*—.

UN DÍA DESPACHABA queso y longaniza cuando vi a mi hermano Pedro, que venía desde Michoacán a visitarme. Lo saludé y le dije: —*Pásate, tómate un juguito o un refresco. ¿Cómo están las cosas por allá en el pueblo?*—. Mi hermano me contestó: —*Pues siguen igual. Pero ha llegado una oleada de muerte. En este año se han muerto como diez; mucha gente grande, como dices tú, longevos*—. —*Ya te están saliendo un chingo de canas*—. —*Sí, ya estoy viejo. A ti también te están saliendo canas. Ahí en las patillas, por ahí se empieza; también te vas a poner blanco del cabello*—. —*Te veo fuerte*— le dije a mi hermano. Me contestó: —*Sí, yo me siento bien. Todavía trabajo en el campo, por eso estoy flaco como los gavilanes. ¿Y qué dicen las burras acamotaditas?*—. Las burras acamotaditas son las vaginas de las mujeres embarazadas, que en medida que les va creciendo la panza se les va hinchando la zorra y se pone como camote en miel.

—¿Ya te has cogido a una mandunga acamotadita?— le pregunté a mi hermano *—Sí—* me contestó. *—¿Y ahora qué haces?—* me preguntó. *— Pues ya sabes, escribo libros—. —¿Vives de eso?—* me dijo. *—No, no vivo de eso. Hasta le pongo, porque yo mismo los publico—* le dije. Mi hermano me dijo: *—No escribas libros pornográficos, mejor escribe Biblias. Esas sí se venden, y hasta te haces rico; hay millones de católicos que compran millones de biblias.*

—Si se te hace fácil escribir grosero también podrías escribir una Biblia. Tiene varios convenientes: te salvas, te vas al cielo a plena gloria y salvas muchas almas que andan muriendo en pena, y te van a leer en todo el mundo. Pero lo importante es que no vas a estar jodido. Ya ves a los sacerdotes, están bien comidos, bien cebaditos, y hasta traen carros último modelo. Imagínate a las jerarquías, son millonarios y se dan una vida de lujo; algunos son unos puercotes de tanto que tragan. Y se cogen a las mujeres más buenas que se van a confesar; los curas se enteran de sus conflictos íntimos, entonces les piden el culo. Entonces, hermano, tú que eres garañon, te cogerías infinidad de mujeres que lean tu Biblia, y te harías millonario de fundillos femeninos. Y al escoger agarrarías a las más apretaditas, puros quintitos. Y hasta tu propia religión harías, ahí te va a caer carne de la más codiciada. Tú eres capaz, tienes talento. Negocio que no deja, hay que dejarlo; por eso, mejor piensa lo que te digo—. Así estuvimos platicando de varios temas y ya en la tarde se retiró. Nos despedimos y quedé de ir a Jungapeo.

LUCIANO EMPEZÓ a hacer lo que nunca hacía: empezó a quejarse y a lamentarse. Empezó a hablar de que a lo mejor se retiraba del alcohol. Lo vi todo madreado. Lo animé, le di una pastilla para dormir y le dije que se fuera a la bodega a dormir y así lo hizo. Durmió todo el día. Despertó ya en la noche. Se levantó con mucha hambre y fue por unos bolillos; estaban calientitos. Preparó unas tortas y cenamos. *—Te hizo bien dormir, Cano— . —Sí, Vargas, son efectivas esas pastillas. Caí como regla; dormí profundamente. Todavía no se me quita el temblor, pero cada vez es menos.—* replicó Luciano y continúo *—Tengo un malestar estomacal y me* *siento lento. No estoy a gusto en ningún lugar. Pero ya no quiero chupar, porque me va a cargar la chingada de tanto chupe.*

No sé por qué salió, pero Luciano me dijo que mis libros no eran estéticos, que no planteaban lo bello. *—¿Y ahora ese cambio, Luciano?—* le dije *—Siempre has alabado mis libros. Decías que soy un excelente escritor, que me puedo comparar con cualquier narrador de lo erótico—.* Me contesto: *—Es que estoy bien encabronado porque no has conectado con las chavas de las quesadillas. Quieres todo para ti; acaparas, pinche Alberto—. —No te encabrones, Cano. Tú lo sabes, que ellas decidieron; pero síguele insistiendo, a ver si te sueltas con un lenguaje dulce, bien elaborado. Pero no vayas borracho. Y cuando estés aquí, abstente. Porque ellas vienen cada tercer día a comprar productos para su puesto: Por supuesto les doy su llegue a las dos. Ahora que vengan voy a convencer a la que te gusta a ver si acepta que te la cojas, Cano.*

—Mira Cano, estoy pensando en llevarlas a Garibaldi. Invitarlas a cenar, pagarle a unos mariachis para que se echen unas canciones, y después invitarlas a bailar al Tropicana. Nos echamos unos tragos, bailamos unas tres horas, y luego las llevamos a un hotel y ahí nos aventamos unos asaltos carnales—. —Me parece muy chingón tu plan, Vargas—. —Pero mantente lúcido, Luciano. Procura no tomar tanto. Ahí te la vas chiquiteando, a modo que no se te suba la peda; porque si te embruteces se te va a ir la paloma. Es tu oportunidad—. —Juro, Vargas, que esa noche voy a tomar muy leve. Voy a mantenerme a medios chiles para estar poderoso y penetrar a Joaquina con mi miembro bien duro, hasta hacerla pujar, dándole unas metidotas para hacerla gozar.

—Hay que esperar unos días, Luciano, para proponérselos. Hay que juntar dinero. Por lo menos necesitamos $3,000 para los cuatro—. —¿!Tanto¡?— dijo Luciano. —Es poco. Mira, para empezar, taxi de ida y vuelta, cuatro cenas, los mariachis, la entrada al Tropicana, la bebida, la propina, el hotel con dos camas para depravarnos; todo cuenta, hasta los condones. Y además hay que tener para otros gastos, y sentirse confiado, como si el mundo fuera tuyo. Hay que llevar $5,000. Tenemos muy buenas ventas en la tienda y alcanza. Esas muchachas valen eso y más. Por eso ponte chingón, Cano. En una semana más o menos las llevamos, y nos divertimos intensamente. ¿Puedes poner algo, Cano?—. Luciano me

contestó. —*Tú sabes que ando jodido. Pero te paso a máquina tu libro de Historias Lujuriosas*—. —*Me parece bien. Y hasta una lana más te voy a dar para que hagas el trabajo con gusto*—. —*Me parece a toda madre, Alberto. Sí tengo algo guardado, pero es para mí vicio; pero es una baba seca lo que tengo, no alcanza ni para las propinas*—. —*¿Pues cuánto tienes?, pinche Luciano*—. —*Pues como $70*—. Le dije: —*El dinero siempre sirve, aunque sea poco. Pero para que veas que nos soy abusivo, síguelo guardando para cuando te eches tus alcoholes. Pero ya no tragues marranilla, eso no es alcohol, es pura química, y le da en la madre a tus riñones. No vayas a tomar la semana que entra porque vamos a llevar a las muchachas a Garibaldi*—. —*En eso si voy a cumplir, porque se trata de unas chavas muy buenas. Sólo de pensar en sus nalgas me emociono*— dijo Cano.

—*En la noche pasamos a cenar al puesto de las muchachas unas quesadillas de queso Oaxaca, del original, con unas rajas de chile verde, con una salsa de jitomate rojo*—. —*Ya no le sigas, porque ya se me antojaron*—. —*A mí también*—. De pronto, Cano me preguntó: —*¿No te has puesto a pensar, Vargas, que bien vale la pena Casarte con Leticia? Está muy buena*—. —*¿Para qué me caso, si ya me está dando el culo y también Joaquina me lo afloja?*— le contesté. Luciano dijo: —*Quiero que me dejes a Joaquina a mí solito. No vayas a salir con una mamada*—. —*No, Cano, tu ponte color de hormiga, abusado. Yo voy a estar con Leticia*—. —*¿Y si quiere juntarse contigo?*— siguió Luciano. —*No, Cano, es mejor andar libre. Esas muchachas quieren divertirse y pasear, y te dan lo que quieras. Ellas quieren jóvenes para casarse. Así libre está bien, y agarras más culos. Además, ya tengo compañera y tengo un hijo; tiene un poco más de un año. Pero mi mujer ni me visita, así que hay que aprovechar esta coyuntura. Mira Cano, no hay que hacer compromiso con las chavas, sobre todo que se trate de mantenerlas y ponerles casa; te sale carísimo. En cambio, sin compromiso, las ves eventualmente, y te las coges; pero no tienes el problema de darles gasto, comprarles ropa, zapatos y maquillaje. No te imaginas lo caro que te sale tener una chava de planta. No hay más que fornicar aquí y allá, donde puedas. Hay que saber equilibrar los abarrotes con los fundillos, porque te vas a la quiebra y valió madres, te quedas sin negocio y sin culos. Hay que tener la tienda surtida y sacarle utilidades, a modo que no pierdas. Y mira Luciano, tú* *has padecido en carne propia que si no tienes dinero, no se te acercan las mujeres. Se oye mal decirlo, pero el amor cuando ya estás maduro se compra. Cuando eres adolescente llegas a tener algunas noviecitas porque se enculan de uno porque a esa edad uno es inocente. No se tiene prejuicios, no tienes colmillos. Ellas tampoco. Las mujeres maduran más pronto, y ya a los 18 ya son bien colmilludas. Tienen más experiencia, y la mayoría son interesadas. Se fijan en la fortuna de algún cabrón que les quiera llegar, se fijan en qué carro trae, si tiene casa, y ya luego le dicen que sí. A veces las mujeres buenotas se apendejan y caen en manos de algunos cabrones feos y sin dinero. A las mujeres hay que tenerlas bien atendidas, sacarlas a pasear y darles de comer, y cogérselas a diario.*

—Oye Luciano, ¿y no has visto a Ramiro, el de la Prepa popular?—. —No lo he visto. Un cuate me platicó una historia trágica de que se le pudrió el culo porque se lo cogieron y le trasmitieron una enfermedad; ¿ya ves que estaba bien sano?, ahora está flaco—. —No creo que sea puto. Pinche Luciano, yo creo que se enfermó de almorranas. Ya ves que es muy dolorosa esa enfermedad—. —A mí me dijeron que se le pudrió el culo. Eso de que sea puto no lo sé porque nunca le he sabido nada—. —A nosotros nos vale madres si se hizo puto, pero también se pudo haber enfermado de almorranas o de la próstata; porque estas enfermedades a muchos no les gusta platicarlas—. —Pues sí. Pero estas enfermedades se pueden curar—. —Con las almorranas, no te mueres, pero es muy doloroso. En donde sí hay peligro es con la próstata, si es cancerosa sí te lleva la chingada.

—Hablando de lo que más nos interesa, conocí a una pareja que vivían juntos pero que podían coger con otros. Resulta que yo tenía amistad con esta pareja y un día me invitaron a chupar a su casa y acepté. Ese día, ella estaba un poco enferma y nada más se tomó un par de cervezas y se retiró a descansar, y nos quedamos su marido y yo. Después de tomar otras cervezas puse a prueba a este cabrón y le dije: "Oye cabrón, ya se me levantó la verga, por qué no me la mamas". Y me contestó: "No, Alberto, no me confundas. A mí no me gustan esas chingaderas. A mí me gustan las mujeres, y si te gusta mi mujer, díselo a ella. Ella es libre de coger contigo". Después de un rato de estarlo chingando, le dije: "Pasaste la prueba. Es que me platicaron que te gustaban los hombres, y

ya me demostraste que no". Solté una ligera sonrisita. "Qué cabrón eres, Vargas" me dijo. "Pero no hay pedo. Vamos a seguir chupando". Nos pusimos hasta la madre de brutos y nos fuimos a acostar en la cama donde ella dormía. Era una cama grande donde cabíamos los tres. Como estaba pedo me quedé dormido. Al otro día desperté a las 5:00 de la mañana con la verga bien parada y le empecé a agarrar las tetas a la mujer; le estaba tentaleando el pezón cuando abrió los ojos y se dio cuenta que era yo. Me aventó la mano y me dio una buena regañada. Pensé: Por ahora la regué. Me apresuré, pero para la otra, a ver si cae. Me levanté hecho la chingada, me lavé la cara para que se me quitara lo pendejo, y me despedí. La vi un poco seria, pero ya no me dijo nada. Salí corriendo de su casa. Llevaba la verga parada y me la acomodaba a cada rato.

—Eso no es nada, Alberto— tomó la palabra Luciano *—Yo conocí a una pareja de poetas que andaban en busca de vivencias fuertes. Esta pareja se decían amigos, y una noche que estábamos chupando los tres, empecé a agarrarle las nalgas a ella. Ella se dejó y empecé a besarla. Le chupaba los senos y luego le metí la mano a la mandunga. Me bajé los pantalones y ellos se desnudaron; cuando ya estábamos encuerados los tres, el cabrón me empezó a mamar la verga. Yo me hice pendejo mientras dedeaba a la mujer, después ella lo hizo a un lado y me empezó a mamar. De pronto, el maridillo que estaba recostado y tenía la verga bien parada, me la acercó a la cara y que le meto un putazo que lo tumbé. Se levantó sobándose el chingadazo en el hocico y me dijo: "Perdona, no quise ofenderte. Yo ya no participo. Cógetela tú. En lo que terminan voy a echarme un regaderazo". Le dije: "Ándale, voy a atender bien a tu mujer". Después de varias posiciones, por último la penetré por atrás. Los dos nos deleitamos a todo dar, le palanqueaba como burro en primavera. Cuando terminamos de coger, seguimos tomando. El marido trajo una pata de elefante de Bacardí blanco, y pensé tomar lento y poco; qué tal si este hijo de la chingada me empeda, me coge y me madrea por el putazo que le metí. Me puse a servirles. Al güey se las servía muy cargadas, se las tomaba de tres o cuatros tragos, y yo tomaba a traguitos. La chava se medía, tomaba cerveza y se mantenía a tono. En menos de dos horas el marido se puso muy pedo y se durmió en la alfombra. Fui a mear. Salí y le dije a la chava que nos echáramos un baño. Ella aceptó. Entre los chorritos de agua me*

la empezó a mamar, y para hacer más agradable la mamada le empecé a declamar el empiezo de Martín Fierro. La empecé a besar y de nuevo se me levantó el fierro y que la penetro. Fue una cogida de primer mundo. Al otro día el maridillo se puso a platicar conmigo y nos hicimos amigos. Me seguí cogiendo a su mujer y después empecé a llevar a un amigo que se lo empezó a coger a él. Me invitaban el chupe y la comida, y a veces me quedaba hasta quince días. Esta pareja si tuvieron experiencias extremas y de esas vivencias escribieron.

CAMINAMOS POR LAS CALLES oscuras de Valle de Chalco. Había un chingo de perros, y traíamos piedras para aventárselas por si nos querían morder. Cuando llegamos al puesto de quesadillas hicimos la ceremonia de saludar a las muchachas de a besito en la mejilla. Luciano se puso muy suavecito y empezó a destacar su indumentaria, que era bonita y que les quedaba perfecta. Las chavas reían de tanto halago y se les subía el ego, estaban maravilladas. No era falso lo que les decíamos, porque en realidad eran muy bellas. Nos sentamos en una mesa grande y nos hartamos de quesadillas de hongos con queso, con unas rajas verdes y con epazote. Estuvimos cotorreando dos horas, porque ellas atendían a los clientes. Cuando terminaron de vender les ayudamos a recoger el puesto. Echamos todo en unas cajas de huevo y las subimos a un diablo, entonces las acompañamos a su casa a tres cuadras largas. Ya las habíamos convencido de ir a Garibaldi. Quedamos que sería el viernes en la noche, después de levantar el puesto. Su papá dormía porque se levantaba a las 4:00 de la mañana, porque era diablero en la Central de Abastos. Cuando llegamos, su mamá nos saludó y alegres nos despedimos. Volvimos a llenar el morral de piedras, parecía que había más perros que gente. Al pinche Luciano se le veía la alegría en el rostro.

El viernes en la noche, Luciano y yo esperábamos afuera del puesto. A las 10:00 acomodamos las cajas y descargamos el diablo en su casa. Leticia y Joaquina se arreglaron. Abordamos un chimeco que nos dejó en la estación del Metro Aeropuerto. Bajamos en la estación Salto del Agua, y ahí le hicimos la parada a un taxi que nos llevó a Garibaldi. Entramos a una cantina para echarnos unos alipuses; nos aventamos cinco caballitos de tequila y dos cervezas cada uno, y salimos a la plaza. Se nos acercaron unos mariachis y les dijimos a ellas que pidieran. Después fuimos con un grupo de músicos jarochos que improvisaban versos al compás de la música. Estábamos entusiasmados y los jarochos cantaban unos versos groseros, pero que hacían reír. Luego entramos al Tropicana, escogimos una mesa cerca de la pista y bailamos hasta las 4:00 de la mañana. Luciano traía a Joaquina bien apergollada. Ya les habíamos propuesto quedarnos en un hotel.

Cuando salimos compramos una botella de tequila y caminamos como treinta minutos hasta que encontramos un hotel con un cuarto con dos camas; era más caro, pero valía la pena para estar juntos, follar y descansar. Llevábamos tehuacanes en los bolsos de las muchachas, ya casi se nos había bajado la borrachera así que seguimos bebiendo. El faje comenzó. Yo le quité el portasenos y las bragas a Leticia, no llevaba medias, cosa que me excita, de modo que le metía la mano desde las pantorrillas hasta las nalgas, y pasaba por su burrita. Luciano le metía la mano a Joaquina por doquier. Chocábamos los vasos para brindar. Ellas y Luciano tomaban rápido, ya estaban alacranados; yo tomaba despacio para estar al pendiente de que el evento marchara bien. Penetré a Leticia con el dedo gordo de la mano y empecé a sobarle el clítoris, rápido y con movimientos ágiles. Leticia relinchaba como yegua, y mi fierro estaba listo para entrar en combate. Le dije: —*Espérate, chiquito*— y le di unos ligeros coscorrones, y más se enfureció. Me acosté boca arriba y le dije a Luciano que hiciera lo mismo y les propusimos a las chavalas que bailaran y movieran sus vestidos en forma de hongos, y luego se sentaran en las reatas firmes, siguieran bailando, y luego se sentaran otro rato, hasta que se cansaran. La danza duró como 10 minutos. Las chavas estaban sudando a chorros y yo prendí el ventilador. Luciano ya estaba cogiendo con Joaquina. Le di un masaje a Leticia por todo el cuerpo, luego le mordí la planta de los pies. A ella le provocaba cosquillas. Cuando estaba ya cansada de tanto reír dejé de morderle los pies y la puse de a perrito. Leticia empezó a quejarse de manera exagerada, lo que me inspiraba más. Parecía que rezaba de puro placer. Yo era más pragmático. Se lo saqué, se lo puse enfrente y le dije: —*Dile unas palabras*—. Ella le recitó un poema y luego empezó a mamarlo. No pude aguantarme más. Ya estaba amaneciendo. Luciano y Joaquina dormían desnudos, nosotros también nos dormimos.

Despertamos a la 1:00 de la tarde. Nos bañamos y salimos del hotel. Fuimos a almorzar unos tacos de cabeza de res con una salsa muy picante que nos cayó al puro centavo para la cruda. Le dije a Leticia: —*Tienes una zorra teórica, y Joaquina un fundillo teórico*—. Todos reímos. Leticia preguntó: —¿*Qué quiere decir teórica?*—. Luciano comentó: —*Pues que hace teoría, análisis políticos, económicos y sociales. Hay pocas. Las hay en las escuelas y universidades, y están muy cotizadas. Entonces ustedes son privilegiadas. Y también son nuestras musas—* siguió Luciano *—Porque nos inspiran la poesía y la narración. Todo su cuerpo es un libro abierto. Por ejemplo, sus tetas son bellas, sus caritas de ángel nos iluminan y sus hermosas nalgas provocan a nuestras cabezas de la verga y del cerebro, y nos da por hacer versos a esos culos. Ya estoy pensando en hacerles un libro—. —¿De dónde sacas tanta mamada, pinche Luciano?—* le dije. *—Pues del cerebro, cabrón. Le echo sesos.—* y continuó *—Las zorras de las muchachas son retóricas: Joaquina le aventó un discurso político a mi verga—. —¿Y a qué corriente pertenece la zorra de Joaquina?—* pregunté. Luciano contestó: *—Es anarquista, porque coge en desorden y tiende al orden—. —¿Y la zorrita de Leticia a qué corriente pertenece?—.* Luciano dijo: *—Creo que es marxista-leninista, de pensamiento maoísta, porque coge con método, y usa el método científico en la cogedera. Nos sacamos la lotería. En esencia son zorras revolucionarias; como dicen los trotskistas ortodoxos. La zorra es el origen de la vida y la razón. La cogedera te borra el tiempo, y cuando termina vuelve a caminar.*

Las muchachas dijeron que platicábamos puras chingaderas. Reímos y las llevamos a su casa. Su mamá las regañó, nosotros nos dirigimos a la tienda. Eran ya las 7:00 de la noche y ya no abrimos. Luciano quería seguir chupando, pero le sugerí que mejor tomáramos unas Coca-Colas frías. Estuvimos platicando la aventura. Luciano dijo: *—Esos culos valen más que un diamante; por eso te sigo, Vargas, porque tú si me invitas buenas mujeres.*

Al otro día Luciano me dijo: *—Yo giro bajo tres puntos: en primer lugar, el chupe; en segundo, las mujeres, y; en tercer lugar, la literatura. La literatura me va a servir para prolongar mi vida, para inmortalizarme. Estos puntos se combinan a uno sólo, que es el placer—.* Yo le contesté: *—Pero está cabrón chupar mucho, descansar poco, y volver chupar otra vez. Te va a llevar la chingada, pinche Luciano—.* Luciano siguió: *—Yo no viviría sin alcohol. El alcohol le da sentido a mi vida—. —Yo creo que lo que te hace falta, pinche Luciano, es que te busques una mujer.—* le dije *—La muerte está aquí cerca. Ya sabemos que no vamos a ser eternos. Pero hay que cuidar un poco nuestro cuerpo, que ya resistió un montón de porquerías que le metemos—. —Yo en el chupe encuentro placer.—* dijo

Luciano —*Cuando ando borracho no me duele nada, no estoy enfermo. La cruda es la que me aterra, y por eso pienso en dejar de chupar. Pero cuando la resaca me ataca, yo le meto los güevos y me aguanto, me tomo algunas pastillas para dormir y así pasa la cruda—. —Está bien, Luciano—. —Y cuando estoy lúcido*—continuó Luciano —*como bien, me atiendo y descanso, para que mi cuerpo se desintoxique; además escribo a lo cabrón. En cualquier reunión o fiesta, viendo el alcohol, me dan unas ganas inmensas por tomar y tomo; ya no tomo mucho, tomo poco, pero todo el día. No tomo mientras duermo, pero despertando, lo primero que agarro es el pomo y prendo un cigarro y fumo placenteramente.*

Esa noche fue de descanso. Tomamos café con pan. Fue una de las raras veces en que Cano Estrada no la hizo de pedo por el alcohol, se mantuvo sereno, no podía dormir por la cafeína. No le paraba la boca, estaba plática y plática. Se echó unos chistes que nos cagábamos de la risa. Me platicó de un trinquetero, o sea un tracalero, una persona que no pagaba, que le había quedado a deber a un tío suyo. —*Un día*— dijo Luciano —*le dio una buena cagada, pero ese individuo tenía una conchota, era lomudo hasta más no poder, y cínico, el hijo de la chingada. Mi tío era tranquilo, tenía cara de tonto, pero por dentro era una fiera. Total que cazó a este fulano un día que se estaba bañando en el río, y que le cae por atrás con un cuchillo desenfundado, y que se lo pone en el mero fundillo y le dio unos piquetes leves para que se asustara, y le dijo: "Me vas a pagar o te saco la caca". Y de tal por cual, el hombre todo tembloroso le pagó ahí mismo en el río, y le dio una chorrera del susto.*

—*UNA NUEVA que me sucedió a mí, Cano. Fui a una paletería por la avenida Pantitlán y pedí un helado de mamey; ya sabes que a mí me gustan mucho los helados. Estas paleterías suelen poner bancas para que el cliente disfrute de su helado. No había gente. Era una tarde fría, y me senté; comía despacio. Cuando de pronto, veo a una hermosa mujer con un pantalón de mezclilla entalladito, que venía en dirección a donde yo estaba. Me saludo amablemente y me dio una tarjetita que anunciaba un burdel. Con toda amabilidad se lo recibí y le invité un helado, porque me di cuenta que se le antojó; y sí lo aceptó. Quería uno chico, pero le dije* *que pidiera uno grande. Le dije: "Pídelo de cinco sabores". Le pregunté a la chava que si trabajaba en el bar. "Sí" dijo, "ahí trabajo". "¿A qué hora trabajas?". "Llego como a las cinco", dijo "y salgo en la mañana, porque está abierto hasta las 7:00". "¿Y bailas?", le pregunté. "Sí, bailo". "¿Y qué más hacen?". "Hacemos sexo oral y normal. A ver cuándo vas" y sonreía. "¿Cuánto cobran por la mamada y la cogida?". "Ahora hay una oferta", dijo. "Todo lo que tú quieras por $400; puedes estar con dos chavas una hora". "Es barato", conteste. Mientras comíamos los helados, la chava continúo: "Hay música en vivo, y cada hora hay tubo. Salen las muchachas para que los clientes se animen a la oferta; ha pegado mucho, pero la competencia está haciendo lo mismo. Nosotras ya tenemos muchos clientes".*

—Mientras estábamos disfrutando del excelente helado, le proponía: "¿Cuánto me cobras por darme el chocho?". "No te entiendo. ¿Cuál chocho?". "La vagina.", le dije. "Pues ve al bar en la noche" me contestó. Le dije: "Mira, yo vivo como a seis cuadras. Te voy a dar $300". "Es que tengo un compromiso en dos horas", me contestó. "No te preocupes", le dije, "Cuando mucho estamos en mi casa en ocho minutos caminando". "Mejor ve al bar en la noche." dijo. "Mira, ya tengo la verga tiesa solamente de ver tus labios. No tengas miedo". "No tengo miedo. Si quieres nos vemos en la noche". "Mira, preciosa, para que no pongas pretextos, te voy a dar los quinientos pesos; que es lo que ganarías en toda la noche, y eso si te caen unos buenos clientes. Te voy a adelantar trescientos pesos para que veas que es en serio. Hasta mi credencial de elector te muestro para que veas que no soy un charlatán". Me miró, cerró los ojos y dijo: "Órale, pues. Confío en ti". "¿Quieres más helado?" pregunté. "Pues ya que me decidí" dijo, "hay que tomarnos otro helado. Tengo la tarde libre; después voy con mi güey. Él es quien iba a ver, pero él no me da nada". "Eso es muy inteligente" le dije, "Vamos a comernos otro helado con tranquilidad". Ella me agarró la pierna con mucha confianza, y le planté un beso en sus labios gruesos.

—El paletero oyó todo lo que le propuse. Me hice el tonto, como que no veía nada, y seguí cachondeando. Nos terminamos el helado y le pagué al paletero, que me dijo: "Si así eres para trabajar, te vas a hacer millonario", y me dio el cambio. Solté una carcajada. La chava se dio

cuenta y le causó risa. Caminamos por la avenida Pantitlán y enfilamos a mi casa. Cuando abrí la puerta me di cuenta que unas señoras que vendían quesadillas estaban cuchicheando; estaban haciéndole al chisme. A mí no me interesó y le agarré las nalgas a la chavala para que se alarmaran. Pensé que ella se iba a sacar de onda, pero no, lo tomó muy normal.

—Entramos a mi guarida. Nos sentamos en un sillón. Le dije: "Quieres tequilita para entonarte". "Sí", dijo. Nos tomamos seis caballitos cada quien. Puse un CD de cumbia colombiana, y por si las dudas, le puse seguro a la puerta de la calle. Le dije: "Tengo cerveza Corona fría, si se te antoja, para bajarnos el tequilazo". "Dame una" dijo. Saqué del refrigerador un par de cervezas, las destapé, y le di una. Chocamos las botellas y tomamos un buen trago. Con cada mano agarré su par de tetas y se las acaricié. Saqué un condón del cajón del ropero y lo puse sobre la mesa. Le mamaba las tetas mientras con el dedo le movía el clítoris. En un santiamén estaba caliente, le seguí limando hasta que se vació. Mi fístulo estaba erecto. Me coloqué el condón y la senté en el sillón y se lo dejé ir por la boca. La tomé por la cabeza y la moví a ritmo. Mamó hasta el cansancio. Después se la saqué y la puse a cuatro patas. Lo veía como una planicie ondulada. Estábamos bañados en sudor. De repente empecé a eyacular a chorros; ahí me estuve silencito como caguamo. Me saqué el condón y lo aventé al bote de la basura.

—Nos terminamos las cervezas y destapé otras. Le dije: "Ya ves. Todo fue tranquilo" y le di los doscientos pesos. "Te vas bien alivianada". "Sí, manito" dijo, "Con esto voy a pagar la renta. Dame una pluma para anotarte mi teléfono para que me llames cuando quieras pasar una tarde conmigo, porque me gustó; eres bien lindo". Apuntó con calma su teléfono en mi agenda. Seguimos tomando hasta que oscureció. Salimos rumbo a la Pantitlán y la puse en un taxi.

—ESO NO ES NADA, Vargas— dijo Luciano. —Yo conocí a un cabrón de 30 años. Era medio puto o puto completo, pero se veía bien. Su papá tenía 50 años, quería sexo con su mujer, pero a ella ya no se le antojaba

la verga, y además decía que el sexo era pecado mortal. Ya que se dormía su mujer, al señor le dio por chaqueteársela. Una noche, su mujer se dio cuenta y que prende la luz, y que lo agarra con la verga parada echándole saliva. La señora grito: "Hay, madre santísima. Cochino, cerdo" y lo mandó a bañar. El señor le dijo: "Ay mujer, cumple con tu responsabilidad". Ella le puso una cagada y lo mandó al sillón a dormir. Al otro día, lo levantó temprano. Le dijo: "Vamos a que te confieses con el cura y comulgues con Dios; la ostia es sagrada y te va a quitar lo marrano. Le dices al padre lo que estabas haciendo, endiablado". Él nada más decía: "Es que yo todavía quiero". Su mujer le decía: "No blasfemes. Traes al diablo por dentro".

—Cuando entraron a la iglesia, lo llevó directo al confesionario. "En nombre de Dios, te pido me digas tus pecados" dijo el padre. "Sí, padre" dijo el pecador. No hallaba cómo empezar. "Ay padre, me da mucha pena". "Dios perdona" dijo el padre. "Pues se trata de lo siguiente" dijo el señor, "Mi mujer me agarró haciéndome una chaqueta". "¿Y por qué haces eso hijo?" dijo el padre "Si tienes dónde descargar". "Ay padre, pero mi mujer no quiere darme. Ya le entró la menopausia, y ya no me queda otra más que las chaquetas". "Ay hijo. Qué haré por ti. Mira, vete con las putas una vez a la semana. Estás libre de pecado y vete a rezar tres padres nuestros y tres aves Marías". El señor salió, se hincó y rezó profundamente. Se levantó y caminó a donde estaba su mujer, que estaba en una fuentecita de agua bendita. Cuando se acercó, ella agarró un jarrito de barro y rápidamente lo llenó de agua y le aventó el agua en medio de las piernas. "Ay, vieja." gritó el señor, "Ya me mojaste la verga". "Para que te purifiques, y no te vayas al infierno" le gritó ella. Salieron. Él iba temblando de frío, ya que era invierno; caminaba como si se hubiera cagado: abierto de patas. Así estuvo hasta que llegaron a su casa. En la noche, al señor se le levantó el pito, se lo acarició y le dijo: "Calma chiquito, mañana vamos con las muchachas".

—Al otro día sacó un fajo de billetes que tenía ahorrado de lo que le mandaban sus hijas de los Estados Unidos, y se fue derechito a un putero. Quería llevarse una puta a un hotel, pero la puta le dijo que no salían, que si quería se lo mamaba, pero ahí y con condón. "¿Y cuánto cobras la mamada? dijo el señor. "$200 por mamada." dijo ella, "Hasta que te

vengas. Ve a pagar a la caja". "¿A poco se paga en la caja?". "Pues sí" dijo la puta. La puta lo siguió a la caja. El señor pagó y le dieron un condón, que también se lo cobraron. Estaba asombradísimo porque nunca se la habían mamado y tampoco se había puesto nunca un condón. Estaba un poco asustado. La puta se sentó en un sillón; él señor estaba frío, y quiso besar a la puta, que lo mandó a chingar a su madre. "Entonces, ¿cómo se me va a parar?". La puta se dio cuenta que era inexperto y le empezó a agarrar la verga flácida y le empezó a acariciar los güevos con las uñas, inmediatamente se le levantó el fierro. La muchacha le puso el condón y le empezó a mamar la verga. Era experta haciendo su trabajo y le mamó hasta que el señor se vino a chorros. El señor exclamó: "Vendito sea Dios. Sentí a toda madre". Le dijo a la puta: "Voy a venir dos veces por semana". "Aquí lo espero cuando quiera" le dijo la puta y salió moviendo el culo.

—El anciano se dio tremenda enculada. Ya ni pelaba a su mujer. Pero el hijo del señor, del que hablaba al principio del relato, un día siguió a su papá. El señor muy confiado entró al putero, donde ya era bien conocido. El hijo entró y como estaba oscuro, vio todo. El señor se llevó a su putita para que le mamara la verga. El hijo tuvo el descaro de entrar a ver cuando se la estaban mamando. Se regresó a su casa y le platicó todo a su mamá. La señora se infartó y se la cargó la chingada. El señor se puso feliz, corrió de su casa a su hijo por puto y no lo heredó, no le dejó nada. Siguió yendo al putero.

—Ya, pinche *Luciano, hay que dormir. Ya platicamos harto. Es la 1:00 de la mañana y hay que levantarse a las 7:00—. —Deja preparar un té para que nos dé sueño. Vas a ver, Vargas, que nos va a calentar el estómago y nos vamos a dormir plácidamente—* dijo Luciano. *—Ponlo, pues—* le dije *—Mientras, echo una meada—.* Cuando regresé nos tomamos el té. *— Pues 'ora si, Luciano Cano Estrada, hay que dormir, porque mañana está duro el trabajo.*

Al otro día nos levantamos a las 8:00 de la mañana, preparamos café y estuvimos haciendo el aseo, acomodando mercancía, echando refrescos a los refrigeradores y atendiendo clientes. A las 12:00 nos dio hambre y Luciano se lanzó a la panadería a traer teleras para prepar unas tortas. Nos comimos tres cada quien, y tomamos una Coca-Cola. La Coca-Cola sabe a todo dar, es lo mejor que han hecho los gringos. Luciano se puso a barrer la bodega y acomodar la colchoneta. Me quedé a atender la tienda. Despachaba, y cuando no había clientes leía el periódico.

YO TENÍA AMISTAD con mucha gente. Un día llegó un señor muy platicador. Tendría unos 50 años, estaba ciego de un ojo. Platicamos, él afuera del enrejado, y yo adentro; no le abrí la puerta para que no se pasara porque luego toman confianza y después se hacen conchas. Este cabrón se fue abriendo, y un día me platicó que tenía muy buen trabajo, que mantenía a su familia holgadamente, pero que tenía problemas con su mujer. Dijo: —*Ya no se deja. No me hace ni una caricia, y me empuja cuando la acaricio. Ya hasta se me está haciendo complejo, porque hace como tres años que no se deja agarrar. Ya ni se me para la verga, ya está oxidado mi fierro. Quiero pedirte que me lleves a un lugar donde hay mujeres públicas. Mira, aquí traigo dinero*—. Sacó una paca de billetes. —*¿De veras quieres ir?*—. Me contestó: —*Sí, ya vengo preparado. Me cambié y me eché un baño, hasta perfumado vengo*—. —*Aquí cerca hay un lugar donde hay viejas buenas. Les pagas para que te la mamen y luego te las coges. Vamos*— le dije, y cerré para acompañar al ciego. Le di unos condones y le dije: —*Ahí le dices a la chava que te lo ponga, y asunto arreglado.*

Caminamos por las calles lodosas y llegamos a una marisquería, que era el anzuelo para meter mujeres a putear; aunque vendían productos del mar, también era putero. Cuando entramos vimos que estaba un grupito de chavas buenas, vestidas de meseras, con faldas negras zanconas y blusa blanca. Pedí un Vuelve a la vida y una Coca-Cola, el ciego pidió lo mismo. Comimos quesadillas de pescado y rematamos con un caldo de jaiba. Jalamos un par de muchachas y les estuvimos invitando cerveza, aunque a precio especial por la ficha. Antes de que se empedaran, negociamos: $300 cada una y una comisión para el dueño del negocio. El ciego dijo que sí y pagó. Cuando entré al cuarto, luego luego que monto a la puta que me tocó, se lo atasqué. Salí, me senté, y pedí una Coca-Cola fría. El ciego no salía. Esperé con calma y como a la media hora, salió con cara de felicidad. Gritó a todo pulmón: —*¡¿No que no se me paraba? Hasta* *repetí!*—. El dueño del negocio soltó una carcajada y dijo: —*¿Los atendieron bien?*—. Aseveramos que sí.

El ciego estaba contento. El gustito le salió como en $1,000, pero estaba lleno de felicidad. —*Es que mi mujer anda con otro*— me dijo. —*Pero con esto, cada semana voy a venir. Tú si sabes de puteros, Alberto. Están buenas las muchachas; nunca me la habían mamado y me gustó. Se me levantó inmediatamente. Luego me dio un masaje en los güevos y mi pito se enfureció, la puse de a cañón. Eso fue divino.*

El ciego sabía hacer trabajos de electricidad, albañilería y refrigeración, pero su especialidad era la plomería; lo contrataban en grandes construcciones y ganaba bien. En ese putero se dio una enculada que se cogió a todas las putas; cuando llegaba una nueva, inmediatamente se la cogía. El dueño de la marisquería estaba feliz con el ciego, porque ahí dejaba la mayor parte de lo que ganaba. No chupaba, pero invitaba a las chavas a chupar y les daba propina. Como no tenía nombre el local, el dueño le puso "Marisquería el ciego". El ciego hizo mucha amistad con el dueño del negocio y empezó a ampliar el putero; le hizo varios cuartos para coger. El dueño le pagaba con putas y él fue el primero en estrenar los cuartos. La marisquería se convirtió en una auténtica casa de citas. Después se hizo socio de la marisquería y le llegaban un chingo de prostitutas, y todas eran bien recibidas. El ciego se enamoró de una putita morena que venía de Veracruz. Ella era joven, y el ciego ya tenía 50 años. No la dejó trabajar. Compró una casita en Valle de Chalco y la puso a nombre de la chava. El ciego siguió cogiendo putas a escondidas, porque la chava le salió celosa. Le hizo tres hijos a esta muchacha y se convirtió en un hombre muy hogareño.

LUCIANO TARDÓ quince días en casa de su mamá. Un lunes llegó flaco como perro. Ya se había curado la resaca. —*Traes una cara de la chingada, Luciano. Tengo mole, caliéntalo, ya verás que te va a hacer bien*—. —*Sí, Vargas, tengo hambre*—. Luciano calentó tortillas y empezó a tragar tan sabroso que se me antojó. Me eché unos tacos con él y quedamos satisfechos. Luciano me preguntó por las chavas de las quesadillas. Le dije: —*Sí han venido. Me preguntaron por ti. Quedaron picadas con la ida a Garibaldi. Todavía me sueltan el culo, cosa que me parece a toda madre.*

—*Por mujeres no paramos, Cano. La otra vez me encontré a una señora buenísima que conocí en la escuela de inglés donde estudia mi hijo. Duré una semana platicando con ella y se abrió; me empezó a platicar todos sus problemas: odiaba a su marido, ya tenía cuatro meses que no le dirigía la palabra. En lugar de hablarle, le escribía en un pizarrón casi siempre para darle órdenes, y le dejaba en la mesa lo del gasto. Tenía dos hijos chicos. Ella estaba dedicada al cien a ellos. Casi no se arreglaba, pero con cualquier tipo de ropa que se ponía se apreciaban sus hermosas nalgas. Un día le dije: "Ponte una minifalda para mañana y te vienes sin medias. Te pones algo entalladito para que aprecies bien la cintura, te maquillas, no exagerado, y te pones un bilé rojo intenso; y te espero en la López Mateos, esquina con Pantitlán. Te voy a invitar a comer, y de ahí vemos qué hacemos. Con eso le vas a dar en toda la madre a tu marido, le van a dar celos". Ella dijo que sí, que estaría puntual. La cita era cerca de mi casa. Me desperté, me eché un baño, me rasuré y me lavé el hocico; me cambié de ropa y salí con mi panzota. Caminé y llegué antes de la cita. A los cinco minutos apareció ella. Venía impresionante, bellísima. Como saludo nos dimos un beso sensual y nos abrazamos. Nos metimos al Vips. Lo primero que me dijo fue: "Ya rompió el silencio el muy cabrón de mi marido. Me preguntó que a dónde iba, y no le contesté. Le puse en el pizarrón: Voy a ver a una amiga. Y me salí". Ella dijo que no era casada, que estaban en unión libre, y que lo iba a dejar. Los niños se los iba a dejar a su mamá para que se los cuidara. Comimos a toda madre. Salimos, atravesamos la glorieta y enfilamos a un hotel. Como que se puso nerviosa cuando entramos. "Ni me avisaste" dijo, "Pero ya sospechaba".*

Nos reímos y entramos a la habitación. No estaba tan jodido el hotelito. Nos fúmanos un Malboro y nos recostamos en la cama. Yo traía un ron cubano, vasos y refrescos, y le pregunté que si le gustaba la bebida. En tono cachondo me dijo que sí. Serví dos vasos y empezamos a beber con calma; como a las tres copas, empezó a hacer efecto el ron. Me contó que hacía como año y medio que no había cogido, que su marido no la tocaba. En tono burlón me dijo: "Yo creo que ya no se le para". "No sabe lo que se pierde" le dije. "Tienes unas piernas preciosas, un excelente culo y estás buena de todo a todo". Cuando ya estábamos prendidos la empecé a desnudar; le quité el brasier y la tanga. Le metí el dedo a la burra al tiempo que le mamaba las tetas. Se estaba poniendo caliente. Me puse un condón de sabores y la puse a mamar. Sus labios rojos fusionados con mi verga eran un erotismo total. "¿Te quieres venir?" me dijo, "Para hacerlo más aprisa". Yo le dije: "Así está bien. Con calma, para gozar". Pensé: Voy a darle una buena cogida para que se enamore de mi verga. Se lo saqué de la boca, la puse de a cañón y le di una sambutida violenta. Ella aventó unos pujidos de placer. Le agarraba los senos y se los jalaba mientras se lo metía. Estaba tan caliente que se lo atasqué por el chiquito. Descargué hasta que mi fístulo se hizo chiquito. La desenchufé y nos dimos unos besos. El marido se puso celoso y ya iba por ella a la escuela de inglés todos los días. Me la seguí cogiendo cuando el marido se iba a trabajar. Después ella consiguió un empleo y se hizo más independiente. Su marido cambió, se hizo dócil y mandilón. La última vez que cogimos juntos me dijo que su marido había cambiado mucho y que ya estaba a gusto con él, que ya no pensaba dejarlo, y que ya no nos viéramos porque podría enterarse y se podría destruir esa relación. Yo le dije que no había dificultad y me despedí. Caminé por la avenida Texcoco y me senté en una hermosa sombra de un árbol. Llevaba un agua de a litro fría y me la estuve tomando despacito, pensando en cómo iba a hacerle para publicar mi nuevo libro.

—Está buenísima la historia que acabas de contar— me dijo Luciano. *—Yo conocí en un lugar donde venden jerez a los teporochos a un cabrón en silla de ruedas, y empezamos a platicar. Se hizo muy amigo mío porque le invitaba unos vasotes de jerez. Un día me dijo que estaba casado y que su mujer, que estaba buena, lo estaba haciendo güey con un señor ya grande; pero que era el que daba el gasto para la familia y que hasta él*

comía de ahí. Un día que la quiso regañar, su mujer le dijo que el señor mantenía a todos, y a él no le quedaba otra más que aguantar vara. Así que por eso tomaba, para olvidar todo lo que le sucedía. Un día me dijo: "Júntate $500 y te conecto con mi mujer, y ahí en el cuarto que rentamos te la coges". Lo tomé como un comentario de borrachos, pero él estuvo insistiendo, de tal suerte que me junté $1,000 y le dije: "Ahora sí vengo armado, le voy a dar los $500 a tu mujer para que me dé el culo". "¿De veras los traes?" me dijo. Le enseñé cinco de a $100. "¡Qué a toda madre!" dijo el de la silla de ruedas, "Pero vamos a tomarnos otro jerez. Y luego vamos". Ya cuando estaba medio pedo, dijo: "Ahora si vamos". Cuando llegamos, me presentó a su mujer y me dijo: "Espérame tantito". Él le decía a su mujer: "Son $500 los que te vas a echar a la bolsa". Su mujer dijo: "Pero que me los de por adelantado, para que no me vaya a salir con una mala jugada". "Ya oíste, Luciano" me dijo el marido. Le di el dinero a su mujer, y empezaron a discutir porque él quería su comisión y ella no le daba nada. Al ver el pleitazo que se traían, le di cien pesos al marido para que se fuera a tomar unos alipuses. Este cabrón se puso muy feliz y se lanzó a la cantina. La señora era guapa, tendría unos 25 años, delgada, con tetas caídas y unas abundantes nalgas. Me dijo: "Ven, te invito a que nos bañemos". Le dije que sí. Nos metimos a la regadera, el agua estaba caliente. Me empezó a agarrar los güevos y se me paró la verga, y que la penetro por la zorra. Ella tenía los ojos llenos de gozo y se movía mientras le caía un chorro de agua. Quedamos limpiecitos con el regaderazo. Me dijo: "Si quieres, puedes venir cuando desees, aquí estaré esperando. Pero ya sabes que cobro quinientos pesos". "De acuerdo" le dije, "Vales eso y más. Ten por seguro que voy a regresar". Me dio un beso y me acompaño a la calle. Me la seguí cogiendo hasta que mandó a chingar a su madre al marido y se casó con un licenciadillo pendejo. Tenía perrito y me daba unas venidas que sólo el cielo lo sabe. A veces la recuerdo, pienso en sus enormes nalgas y me hago una chaquetota a su salud.

—Hablando del asunto de la cogedera, Luciano, siempre hay que revisar los condones. Porque luego los venden ya caducados. El otro día me cogí a una negra, me puse el condón sin revisar y cuando la penetré que se parte el condón. Me lo saqué y ya no tuve más remedio que seguirle *en nombre de la Virgen Santísima*—. Hay algunos racistas que son muy pendejos. Dicen que las negras apestan. Estos pendejos desprecian a esas maravillas de culos. Yo no desprecio a ninguna raza, del color que sea.

UN DÍA PASÉ POR EL METRO Pantitlán y vi a Valeria. Estaba vendiendo jugos. Vestía una playera café ajustada y un pantalón de mezclilla. Tenía la misma estampa de cuando dejé de verla. Pensé: *Si sigue casada, a ver de qué pito sale más esperma, del mío o del marido.* Llegué y la saludé de mano: —*Hola, Valeria, ¿cómo te va? Te veo muy bien de salud. Dame un jugo de a litro: mitad toronja y mitad naranja.* —*Tú eres Beto*— me dijo —*el de la tienda*—. —*¿Ahora le ayudas a trabajar a tu marido?*— le pregunté. —*Ya lo dejé por güevón; tenía que mantenerlo. Estoy separada. Tengo dos niños, pero ya me ligué las trompas para ya no embarazarme. ¿Y tú, ya eres casado?*—. —*No, todavía no*— le dije. —*Haces bien. Hay que gozarla sin comprometerse. Yo ya experimenté personalmente y ya no vuelvo a caer en otra trampa; me fue de la chingada. Apenas hace dos años superé el rompimiento con mi marido.*

Platicamos largo y tendido. Viéndole el culo, me dije para mis adentros: *Primero Dios, este fundillo no se me va vivo.* Repetí varios vasos de jugo para que ella no perdiera. Valeria se agachó para que le viera los senos, tiernitos y jugosos. Le dije: —*Te voy a dar $200 porque te dejes agarrar las tetas*—. —*¿A poco sí?*— me dijo. —*Sí*— le contesté. Saqué la billetera, tomé un billete de $200 y se lo di. —*Pero aquí en la calle no. Mejor ahorita que cierre nos vamos a un hotel y me das otros $200; por tratarse de ti. Pero yo no soy una puta, porque trabajo para ganarme la vida. A ti te tengo ganas desde que estaba chavita*—. —*Yo también te traía ganas, pero luego desapareciste*— dije.

—*Es que me fui con el cabrón de mi marido. Pero pensándolo bien, por qué no mejor nos vamos a mi cuarto y me das otros $100, para que sean $500 cerrados. Así te sale más económico, porque en un hotel por muy rascuacho que esté te cobran mínimo $250*—. —*Tú sí que sabes hacer negocios, Valeria.*— le dije —*Toma los otros $300, porque me gustas. ¿Dónde vives?*— le pregunté. —*Aquí, a dos cuadras*— dijo. — *¿Vives sola?*— le dije. —*Tengo una hermana que me cuida a los niños. La voy a* *mandar al mercado por unas toronjas, mientras cogemos*— contestó. Le dije: —*Pero por $500, ¿no se te hace muy caro?*—. —*Bueno, voy a desnudarme totalmente. Nos echamos un baño. Siempre tengo agua caliente. Ahí nos aventamos el segundo acto, y podemos estar varias horas cogiendo. Tenemos tiempo de sobra, al cabo mi hermana no dice nada. Y si hacemos las cosas con calma podemos aventarnos hasta el tercer acto*—. Así sucedió. Antes de despedirme de Valeria me propuso que fuéramos queridos, pero le tendría que dar para el gasto, y yo tendría zorra para cuando quisiera. Le contesté: —*No, Valeria. No quiero compromisos. Mejor te vengo a ver de vez en cuando; sobre todo cuando tenga dinero. Es que yo soy como los gallos: piso a una, piso a otra, y así me la llevo a toda madre.*

LETICIA Y JOAQUINA ya no querían ver a Luciano porque ya lo habían visto varias veces borracho, y además había ido a la casa de las muchachas en estado de ebriedad y le dijo a Joaquina y a su mamá varias sandeces. La mamá de Joaquina lo corrió. A raíz de este problema Luciano se aventó cerca de un mes de borrachera, porque decía que estaba enamorado de esta muchacha. Yo le dije: —*No te preocupes, pinche Luciano, hay más mujeres. Sólo es cosa de conquistarlas; o si no, de plano, te vas con las putas*—. —*Sí, pero yo quiero a Joaquina*— dijo. Yo le contesté: —*No te apasiones, Luciano. Aliviánate. Cómprate un pantalón nuevo y una playera, báñate y rasúrate. Aquí vienen buenas viejas, es cosa de que te lances y a fornicar se ha dicho*—. Cano dijo: —*Tienes razón. Me ha despreciado esta chavala. Ya no la voy a buscar. A ver si me cae aquí un culito. Voy a esconderme cuando beba para que no me manden a la chingada como lo hizo Joaquina.*

A Leticia y Joaquina les seguía dando. Un día, de buenas a primeras me informaron que ya tenían novio, que se iban a casar, y que ya no fuera al puesto porque sus novios iban todas las noches por ellas; pero que iban a venir a comprar el mandado porque yo les daba precio más barato que en el mercado. Dijeron: —*Vamos a quedar como amigos*—. —*Eso me gusta*— les contesté. Ellas dijeron: —*Vamos a venir en la noche para despedirnos, y quedar en buen plan. Pero que no esté Luciano, porque se emborracha y se aloca*—. Cuando se fueron, a la media hora llegó Luciano. Le conté lo que habían dicho las chavas. Le dije: —*Así que te vas como a las 8:00 de la noche*—. Le di argumentos de peso. Luciano se encabronó. Pero esa fue la condición que pusieron y ni modo.

Efectivamente, a las 10:00, Leticia y Joaquina llegaron. Las besé y nos pasamos a la bodega. Les di unas cervezas y se sentaron al borde de la cama. Terminé de despachar, bajé la cortina y regresé a la bodega. Llevaban vestidos amplios. Les había sugerido que fueran sin calzones y sin porta senos y así lo hicieron. Me abalance sobre de ellas. Una por una les metí las manos. Sentía su suavidad. Tenía cuatro nalgas y cuatro tetas para mí. Las empiné a las dos y las penetré; un ratito a una y luego otro a la otra. Mientras eso hacía, imaginaba tener uncidas a dos terneras jalando el arado y barbechando la tierra. Después de un rato de masturbarlas empezaron a orgasmear. Dejé que se vinieran, y cuando lo estaban haciendo se lo metí a una y luego a la otra; me movía a todo lo que el cuerpo daba y eyaculé en Joaquina. Tiré a la basura el condón y nos acostamos a tomar. Me dijeron que aunque estuvieran casadas iban a seguir visitándome de manera discreta. No obstante habernos tomado varias cervezas, yo veía a las muchachas aplomadas. En unos cuantos días se iban a casar por lo civil y después por la iglesia; iban a hacer fiesta. Los futuros maridos eran compadres, pero a ellas no les gustaba hablar de sus novios. Las llevé a su casa a la 1:00 de la mañana. No se les notaba que fueran tomadas. De regreso caminaba por la calle plácidamente, me cubría un airecito fresco. De repente pisé una cacota. Hijo de la chingada, estaba apestosísima. Me limpié en el pasto de una jardinera en la banqueta. Para corajes no ganaba. Pero qué gente tan hija de su reputa madre. Cuando llegué a la tienda, lavé los zapatos con estopa y jabón; quedaron limpios.

Al día siguiente las muchachas volvieron a visitarme. Querían que fuera su padrino de vino. Les contesté que les iba a dar diez cartones de cerveza. —*Como amigos, aunque no sea su padrino*—. —*Sí eres nuestro padrino*— contestaron —*Porque vas a colaborar con la cerveza*—. Me invitaron a la boda. No fui a su casamiento para no suscitarles ningún problema. El día que se casaron estaba un poco triste y me eché unos tragos de mezcal; como a los cinco putazos me empecé a aplomar, luego destapé una cerveza. Me empezó a invadir una alegría inmensa y me puse a tararear y a cantar varias canciones. Se me paró el fierro y me hice una puñeta a la salud de los fundillos sazones bien masuditos de las hermanas. Pasó el tiempo. Las hermanas fallaron en lo que habían dicho de visitarme de vez en cuando. Me dije: *una espina saca otra espina.*

Estaba recostado en mi cama, que la hacía de todo: ahí escribía, ahí dormía, ahí cogía, hasta de mesa la hacía mi cama cuando no era comida caldosa. Estaba reflexionando y viendo la mercancía. Había varias cajas de jabón y decenas de otros abarrotes.

ERA LUNES, abrí la tienda y al ratito llegó Luciano. Venía todo madreado, traía los ojos morados. —*¿Qué te pasó Luciano?*— le pregunté. —*En la pulquería. Me fui a echar unos curados de jitomate. Estaba tomando cuando se me aventó un cabrón como de 20 años y me descontó de un putazo en la cara; caí redondito al piso y me atraco, ese hijo de su tiznada madre*—. Preocupado, le dije: —*Siempre que vas a esa pulquería te madrean, y tú necio en volver*—. Luciano argumentó: —*Ahí me siento feliz, tomando pulque. Me dejan tomar mi marranilla. Además a ese cabrón que me pegó, el dueño de la pulquería lo sacó a putazos. Pero como fue un madrazo brutal, llevo como quince días y apenas se me está quitando lo hinchado.*

Le comenté a Luciano que Leticia y Joaquina se habían casado. Luciano contestó de manera enérgica: —*Carne que no es para mí, que se la traguen los perros. Hay que darle la vuelta al cerro; si quiere una, bien, si no otra, y otra, hasta que caiga una más*—. —*Totalmente de acuerdo, Cano Estrada. Esa es mi política con las mujeres.*

—*Te tengo una novedad, Luciano*—. —*¿Qué novedad?*— contestó. Le dije: —*Ya me publicaron mi libro "El sexo me da Neza"*— y se lo di. Luciano se puso contento. Quería brindar con chínguere, pero le dije que brindáramos con un Jarrito de tamarindo. —*¿De dónde sacaste este contacto, Vargas?*— me preguntó. —*Es un amigo de la universidad*— le dije —*Se llama Jorge García Robles, es una editorial nueva que se llama Milenio*—. —*¡Qué a toda madre!*— dijo, agarrando el libro con sumo cuidado. —*Ya era justo, pinche Vargas, que uno de la revista Desmadre* *publicara un libro; tenemos años escribiendo y tú eres el primero en publicar un libro que es un dinamitazo a la moral. Te felicito—.* Saqué los Jarritos y brindamos. Me dijo Luciano: *—Ponle una dedicatoria chingona, con muchos güevos para el más pitudo de la revista Desmadre.*

—Déjame decirte que ayer que me lo entregaron sentí una emoción en extremo muy alta. Este libro lo escribí sobre las mujeres a las que les hice el acto carnal. Disfruté cuando lo narré y ahora que ya está publicado lo disfruté otra vez. Me encanta que lo lean hombres y mujeres. Creo que es un libro para adolescente y personas mayores. Este libro me da realizaciones. No sé cuánto vaya a durar, pero el tiempo que me dure es una realización para mi alma. Porque la felicidad no dura toda la vida. Hay que estar preparados para esos tiempos. Hay que aguantar vara. Por el momento estoy contento—. Luciano emocionado dijo: *—¿Y cómo chingados no, Vargas? Hasta yo estoy feliz, ¿por qué no me dijiste que te iban a publicar?, te la tenías bien guardadita—. —Pues ya ves Luciano—*. Seguimos platicando de las mujeres que nos gustan tanto.

Todas las mujeres tienen virtud. No hay que despreciar a ninguna. Unas están gordas, pero son bonitas, y otras son feas pero tiene unos labios mamadores. Hay otras que no tienen nalgas pero que tienen muy buenas tetas. Hay unas acinturaditas, y otras que están nalgonas. De manera que explorando su belleza encuentras infinidad de detalles destacados. Por eso cuando eres joven y que estás lleno de jugos hay que agarrar parejo.

—¿Te acuerdas, Luciano, que antes que el Tubo se hacía el estriptis? Este espectáculo se organizaba en los bares o burdeles, y había hartas putas—. —¿Cómo no me voy a acordar?— dijo Luciano —Ahí me gastaba mis quincenas. Me gastaba todo mi dinero y no cogía. Si me iba bien manoseaba a las putitas, pero la ficha era cara. Te desplumaban en una sentada. Putas y meseros parecían carroñeros. Cuando se daban cuenta que cargabas una buena lana te fichaban bailando y la bebida te la cobraban a precio de oro—. —¿Cómo a cuantas te cogiste, Luciano?— le pregunté. Luciano contestó: *—No te miento, no fueron muchas. Me he de haber cogido como a cinco: me clavaba en la borrachera y ya cuando quería coger ya no traía plata.*

—Te hizo falta táctica, porque cuando vas a cogerte a una puta a los burdeles hay que ir antes de que cierren, ubicar una buena puta y

apalabrarse con ella. Nada más esperas a que salga y al hotel. Regularmente ellas proponen el hotel; dicen que por su seguridad, pero hay que ser precavidos, porque suelen dar pastillas para dormir, y a veces se le pasa la mano a la chingada puta y ahí te quedas bien muerto. Debes darle a tomar primero de tu vaso y ya después bebes tú. Lo hacen para robarte. Algunos las llevan a su departamento y es ahí cuando los drogan para atracar: regularmente no va una sola, mínimo salen de a dos y planean el asalto. Estas mujeres son unas hijas de la chingada.

—Ahora en los burdeles ya hay tubo, las putas se lucen para que escojas la que te guste, y ahí mismo te la puedes coger; también tienen una sala donde te la maman. Lo mejor es ir derechito a lo que vas: hay que tomarse unas dos copas y te jalas a la chava. Hay que pagar en la caja, te dan el ticket y pasa la chava, y a coger se ha dicho—. Dice Luciano: *—He ido a esos lupanares, y ¡qué buenas mujeres! A estos lupanares van jovencitos de prepa a coger. Estos lugares abren a las 2:00 de la tarde y cierran a las 9:00 de la noche, para echarse un palo rapidito e irse mucho al carajo a descular hormigas.*

EL NEGOCIO DE LA TIENDA iba marchando bien. Cada día se vendía más. Pero no faltan los problemas. Cerca de la tienda se reunían los viciosos que le metían a todo tipo de drogas y bebidas alcohólicas; la mayoría se dedicaba a robar. Los vagos empezaron a llegar a la tienda. Primero nos taloneaban una caguama, y ya después eran cartones los que pedían. Un día llegó un grupito como de ocho cabrones y querían una caguama cada uno. Me encabroné y saqué la pistola y los corrí a puros balazos. Esa noche me fui a Veracruz, estuve cinco días por allá. Cuando regresé me informaron que los vagos me querían matar. Preparé mi pistola ya nada más para disparar. Los vagos me fueron a amenazar con dos pistolas. Me puse a pensar: *Si mato a un cabrón me tengo que ir de aquí, y si me matan, pues está más de la chingada.* Así que decidí cambiar la tienda a otro lado. Volver a Neza era la alternativa. Al otro día contraté un camión de redilas para llevarme todo. Había conseguido un local en Neza, de tal suerte que ya no amanecí en Valle de Chalco. Fue una lástima, el negocio iba bien y había buenos culitos. *También en Neza hay mujeres, por eso no paramos*. Me tragué mis recuerdos y me olvidé de Valle de Chalco.

LUCIANO se sacó una beca en el estado de México. Le dieron la mitad del monto total. Cuando la fue a cobrar, le dije: —*Vete a la merced y cógete a una de las viejas más buenas*—. Así lo hizo. Pero este cabrón, con el dinero de la beca, agarró la peda de manera brutal, y cuando le faltaban unos días para cobrar la otra parte, cayó enfermo de cirrosis. Vomitaba y defecaba sangre. Así duró tres días hasta que murió. Cuando me lo dijeron, no podía creerlo. No fui a su funeral porque no quería verlo muerto.

Luciano escribió narrativa en varios periódicos marginales y en todas las revistas de Desmadre. La mayoría de su obra poética se quedó sin publicar. Luciano Cano Estrada nació un 8 de julio de 1957 y murió el 2 de junio del 2003.

Vargas Iturbe, Alberto. (Jungapeo, Michoacán, México, 1953). Poeta y narrador. Egresado de la carrera de Sociología de la Facultad de Ciencias Políticas y Sociales (FCPyS) de la Universidad Nacional Autónoma de México (UNAM). Becario del Fondo para la Cultura y el Arte del Estado de México (FOCAEM) en 2008, en la categoría de escritores con trayectoria. En 2012 recibió el reconocimiento por trayectoria en literatura Rey Poeta Nezahualcóyotl, por parte del municipio de Nezahualcóyotl (Estado de México) y  de la asociación civil Casas del Pota. Mejor conocido como 'El Pornócrata Mayor' por su obra dedicada al erotismo y el lenguaje explícito que llega a ser pornográfico, en donde aborda la vida cotidiana en la Ciudad Nezahualcóyotl (municipio marginado del Estado de México) y sus alrededores, además del placer sexual derivado de las mujeres con un toque anecdótico y cómico.

Miembro fundador y Director general del Colectivo Entrópico, iniciado en 2007, que reúne escritores de distintos estados del país y con distintos grados de experiencia y reconocimiento en un proyecto colectivo de autopublicación, y cuyo trabajo se encuentra catalogado en la Biblioteca de la Universidad de Stanford, USA. Autor de más de 15 títulos entre novela, cuento y poesía. Los más recientes son: *Una temporada en San Miguel Teotongo*, *El canto del fístulo*, *Historias de mi otro yo*, *Miscelánea Los Tarascos*, *El sexo me da Neza, CCH's y otros relatos*, entre otros. También tiene publicado el libro de cuentos para niños *La pinta flaca*.

Fb: Colectivo Entrópico

Fb: Alberto Vargas Itube

Ediciones Ave Azul es un proyecto que cree en la libertad de expresión como parte fundamental de la experiencia humana y el arte, y que busca ser un espacio para la divulgación de la literatura, la ciencia y el pensamiento humano. De esta manera, se promueve el diálogo entre los artistas y la sociedad para completar el círculo de la comunicación. Los autores mantienen todos los derechos sobre su obra, y esta plataforma es sólo un medio para su divulgación.

Si te gusta nuestro trabajo, puedes encontrarnos en nuestra página web, en Amazon y otras plataformas semejantes, además de las redes sociales de nuestros autores. Algunos de nuestros proyectos pueden ser gratuitos y otros tener un costo de recuperación para compensar a los autores y que puedan generar un medio de vida digno que les permita seguir generando contenido nuevo. También puedes contactarnos para conocer mejor estas propuestas y saber de qué otra forma puedes apoyar.

Si te agrada lo que estamos haciendo, apóyanos con la difusión de la Editorial.

Muchas gracias
Fb: Ediciones Ave Azul
www.aveazul.com.mx

www.ingramcontent.com/pod-product-compliance
Lightning Source LLC
Chambersburg PA
CBHW061435160726
47995CB00003B/902